JN105716

21

椎名ほわほわ

Shiina Howahowa

登場人物紹介
アース
本編の主人公。
マイペースなプレイぶりで
知る人ぞ知る存在に。
リアルでは38歳独身の
会社員、田中大地。
ルエット
アースの指輪に
宿る妖精。
元フェアリークィーン
の分身ながら、
進化して自分の命と
魂を持った。
アクア
妖精国の象徴・
ピカーシャの一体。
お忍びでアースの旅に
同行する。

エルフの勇士
魔剣【円花】の
トラウマに関わる人物。
ハイエルフから得物の魔剣を
献上するように命じられる。
謎の老人
正体不明の人物。
魔剣【円花】の由来を
知るようだが……
過去の魔王候補
魔剣【円花】の
トラウマに関わる人物。
魔王の座をかけて、
もう一人の候補と決闘する。

1

「よし、では今回の会議はこんなもんでええじゃろうな」

「ワンモア・フリーライフ・オンライン」の発案者である六英雄(ろくえいゆう)。今回の彼らの定例会議は特に問題なく終了した。それは、世界の経済がそれなりに上手く回っているという事を意味する。

「で、どうなんですか『ワンモア』の方は？　開発者からは順調に製作が進んでいるとの報告は受けていますが、実際に触れているあなたからの話も伺いたい」

六英雄の一人である中世商人が、紅一点に質問した。

「そうね……開発者は嘘(うそ)を言っていないわ。確実にあの世界は、私達の要求通りにもう一つの新しい世界となりつつあるわね。ええ、良くも悪くも」

この言葉に、他の六英雄がどういう意味だ？と疑問を持つ。その疑問が声となって発せられる前に、先読みした紅一点が先を続ける。

「スリや通り魔……それに犯罪者集団。そういった連中もあの世界の中に存在するようになった、という事よ。無論、そんな悪党に対抗するための自警団や警察、軍といったものもね。まさに、そういった部分も現実とそう大差ないレベルにまで上がってきたわ。奇麗な世界である事を望むなら抹消すべき存在だけれど……そんな世界じゃないと、もう一つの現実とは言えないものね」

　この紅一点の言葉に笑みを浮かべる者もいた。

「そうかそうか、あの開発者連中は大したもんだ。人間のプレイヤー連中がいなくなったら、全員が規律を守って犯罪が起きないような奇麗な世界じゃあ、現実味がねえ。もちろん、そういう連中を討伐しに行く事もできるんだろ？」

　この質問に、紅一点は頷く。

「ええ、向こうの世界にいる人々と連携して倒しに行くも良し。個別に動いて潰（つぶ）して、そいつらが貯め込んだ金銭を総取りするも良し、よ。スリなんかを懲（こ）らしめれば見返りもあるし、逆に悪事を働けば相応の報いがある。そういった面での世界の構築はほぼ完成した、と言ってもいいのではないかしら？　あとは、もう少し世界を広げて問題なく動くかどうかを見たら『ワンモア・フリーライフ・オンライン』の看板を下ろして私達に渡すという形が、開発者の想定する着地点になると思うわね」

　紅一点の言葉に、順調なのは良い事だと安心した空気になる。

「話を聞いていると、待ち遠しくて仕方がないのう。はよ儂（わし）もあの世界に行って暴れたいわい。歳を取って動くのが億劫になってしまったこの気持ちから解放される方法としても、期待しておるからの。早く完成させてほしいものじゃて」

長老の言葉に、一人の男性が笑う。

「爺はあんま無理すんな。まあ、早く行ってみたいという点は同意するがよ。こっちじゃトレーニングにしか使えねえこの両手と両足で、モンスター共を早くぶん殴りたいもんだぜ。殴ったときの感触なんかもあるんだろう？　現実じゃできない大乱闘を早くやりてえな」

男性は、両手を握りしめながら物騒な事をのたまう。こんな発言が多いからこそ、他のメンバーから野生児と呼ばれているのだ。

中世商人も、もう一つの世界でやりたい事を口にする。

「私は向こうでも商売をしたいですな。幾つもの国があって、幾つもの商品がある。ならば、現実ではできない商売を目一杯やってみたい。様々な物を取り扱って、金貨を山と積み上げる事ができるのか。それを最初からやれるというのは実に楽しみだ。無名からのスタートは、もう現実ではどうやってもかなわないからな」

「私がしたいのは、娘と世界を巡る旅ですかね？　娘はかなりあの世界にログインしているようですから、案内をさせて見て回るだけでも楽しめそうです。そうして向こうで面白い物を見つけ、気ままにやりたい事をやるという、こちらではもうできない贅沢を味わうのが楽しみなのですよ」

エリザの父親でもあるジェントルマンの望みはこういう事らしい。

「私は、あの世界にいる様々な王族が気になりますな。是非一度会って、話をしてみたい。気に入った王がいれば、仕えてみるのも一興でしょうな。その経験は、こちらの世界で人を使うときにも役立つでしょうから」

　最後の一人である指揮者と呼ばれる男も、自分のやりたい事を口にする。

　六英雄は皆それぞれに、もう一つの世界でやりたい事を見つけていた。

「まあそれもこれも、完成してからの話よね。もうしばらくかかると開発者は言うけれど、まだ何か大きな仕掛けを組み込みたいのかしら？」

　紅一点の言葉に、野生児がにやりと笑いながら答える。

「焦んな。こういうときは焦ったり急かしたりすると、ろくでもねえ結果にしかならねえもんだ。ここまでそれなりの資金を投入してきたってのによ、つまらねえ結果になっちまったら大損どころの話じゃねえ。そもそも製作が滞ってるどころか、予定よりも進んでいるって報告が出てんだからよ、変に開発陣をつつくんじゃねえぞ？　日本には、急がば回れ、って言葉があんだろ？　どっしり構えて待っててりゃいいんだ。楽しみに思う気持ちと、早く作れという考えは完全に切り離せや。そうしねえと、お前を貰ってくれる男も出てきやしねえぞ？」

　最後の言葉のところで、他の男性陣四人は一歩引いた。ある意味それは禁句だったからだ。

　そして、今まで通り紅一点がブチ切れて取っ組み合いの喧嘩……に近い罵声交じりの口喧嘩が始まると予感したのだが、事態はまるで違う方向に動き出す。

「貰ってくれる男、かぁ。貰ってくれるんじゃなくて、奪いたい男を見つけたのよね。だから、そんな男なんて要らないわね。あの人をがっちり確保してゴールインすれば、それでいいし」

この紅一点の言葉にドン引きしたのは、話を振った野生児だった。彼の背中だけでなく、額にも冷や汗が浮かび始める。

「お、お前ががっちり確保する、だと⁉　いったいどこの誰なのか非常に気になるところだが……そいつには、もうお前の意思を伝えてあるのか？」

野生児のカンは鋭い。そしてその外した事のないカンが伝えてくるのだ。目の前の女は、その男をたとえ監禁してでも逃がすつもりはない、と。

「ええ、もう私の心情はちゃんと伝えていますからね。あとはしっかりと逃がさないようにするだけです。大丈夫ですよ、犯罪行為なんてしませんから」

紅一点の言葉は穏やかであったが、言っている事はかなり黒い。ここまで来ると、野生児だけではなく他の四人も揃ってドン引いていた。

（哀れじゃのう）

（ええ、目を付けられてしまった男には同情すら覚えます）

（まあ、アイツは家庭的な能力もそれなりにあるからな……そこは救いかもしれねえが）

（でも、浮気などをした場合はどうなる事か、想像したくもないな）

（悪いとは思いますが、世界のためにその男性には犠牲になっていただくしかありませんな）

紅一点が聞いたらブチ切れそうな会話を、小声で交わす男性陣。そんな光景を横目に、紅一点は「絶対に逃がさないからね」と呟いていた。

◆　◆　◆

ほぼ同時刻。突然くしゃみを連発し始めた男がここに一人。

「どうしたツヴァイ？　風邪か？」

それを気遣ったレイジが声をかける。しかしツヴァイは片手を振って、具合の悪さを否定した。

「いや、大丈夫だ。このオフ会に向けて、体調管理はちゃんとしてきた。なんだか急にムズムズっと来ただけでな」

この日は、ギルド『ブルーカラー』の初期メンバーによるオフ会が開催されていた。長い付き合いなのだから一度現実世界のほうでも顔を合わせてみないか、という話になったのであった。ちなみに本名は使用禁止で、ゲーム内のネームで呼び合う事にしている。

「にしても、ミリーとエリザのお二人が来られなかったのは残念ね。どうしても抜けられない用事があるとの事で、仕方がないと言えば仕方ないんだけどさ」

ロナが残念そうに呟く。

「ま、二人とは次の機会にだな。いつかはチャンスがあるだろうし、今は今で楽しむ事にしようぜ」

ツヴァイの言葉に他のメンバーも同意して、いよいよオフ会が始まる。

このときはまだ、ツヴァイがミリーとエリザの正体を知らない、幸せな頃であった。

2

今日も自分がアースとしてログインすると、予想通り、目覚めた所は昨日泊まった宿屋ではなかった。【円花（まどか）】の記憶の世界だ。今回は草原に寝ていたらしい……

まぁ、魔王様から貰ったマントのおかげで、普段のログアウト時でもこんな野営をしたって問題はないんだが、さすがにそれはなぁ。大きくなったアクアの中で眠らせてもらったほうが寝心地がいいから、わざわざやる理由もない。

それはさておき、とりあえず今やるべきは、この時代の【円花】の破壊と、突き刺さっているという【円花】の周囲にある街を、悪党から護る事か。

街は……あったあった、ここから南に数キロってところだな。ではさっさと移動して備えますかね。

今回使える物は、【円花】、弓を除いた装備一式、アンコモン等級のＨＰ回復ポーションとＭＰ回復ポーションが各五〇個。更にレア等級のＨＰ回復ポーションが三〇個に【蘇生薬】が五個。各種状態異常を治せるレア等級のポーションも二〇個と、かなり消耗品が多い。それだけポーションが必要になる可能性があるという事か……激戦が予想されるな。

とにもかくにも、まずは街に入らなきゃ。

街にたどり着くと、簡単なチェックと質問を受けただけで、特に問題なく中に入れた。正直ちょっと緩すぎるとは思うが、この街の方針にいちいち口を出すわけにもいかない。

街の人に話を聞いてみると、お目当ての剣ならあっちの方向だよ、とあっさり教えてくれる。

そして、剣を引き抜くのにチャレンジするには、この街の長に挨拶して、長の前でやらなきゃいけないというルールがあるらしい。その長の家も街の中央付近にあるとの事だった。

「ま、挑戦するのはタダだから、ちゃんとした手順を踏むならやっていってみなよ。引き抜けなくても、旅先での話のネタにはなるでしょ？」

そんな言葉を住人から数回もらったりもしたけど。

教えてくれた人々に感謝の言葉を述べた後、長の家を目指す。近くまで行けば嫌でも分かるとの事だったが、大きな家が一軒あるのにすぐ気がついた。十中八九、あそこだろう。他の家の四倍ぐらいあるとなれば、確かに嫌でも分かるってものだな。

ドアをノックすると、中から犬の獣人さんが出てきた。

「おや、旅の方ですか。どのようなご用件でしょうか？　もしかすると、剣の裁定をお望みでいらっしゃいますか？」

ああ、引き抜けるかどうかを見るのを『裁定』と言っているんだな。なので「はい、剣の裁定を受けに来ました」と伝える。

「まあ無理だとは思いますが、せっかくここまで来たので、挑戦するだけはしてみたいなと思った次第でして。ご都合が悪くなければ、受けさせていただきたいのです」

自分がこう言うと、そう固くなる事はありませんよ、と犬の獣人さんは笑顔で答えてくる。

この犬の獣人さんは長を補佐する方らしく、長と面会する前に家の一室へと案内された。そこには数人の先客がいた。

「お、また一人、挑戦者か。本気なのか記念なのか知らねえが、剣を抜くのは俺だ。お前に出番は回ってこないぜ」

先客の一人が、自分を見るなりそんな言葉を投げつけてくる。まあ、それならそれで別に構わないんだけど。

自分の目的は、剣を手に入れる事じゃない。後に訪れる悲劇を、この【円花】の記憶の中だけでも阻止する事だ。もちろんそんな事情を他の人が知るわけがないが。

そんな事を考えながら部屋の隅に移動するついでに、先客をざっと眺めてみる。

部屋に入って早々自分に言葉を投げてきた人族の男、穏やかな表情を浮かべている熊の獣人さん、椅子(いす)に腰かけながらぶつぶつと小さな声で呟く女性……か？　自分と同じくフードを深く被ってローブを身に纏(まと)っているが、その下からでも強く主張する二つの膨らみからして、多分女性だな。

それから最後が、大剣を一本背負い、腰にロングソードを二本差し、両肩にスローイングナイフらしき刃物を複数留めた軽鎧を装備する歴戦の戦士っぽい男性。

この中に惨劇を生み出す人が混ざっているのかも知れない。そう思うと、少しも油断するわけにはいかない。

「自分は剣が抜かれるところを見たいだけですからね、自分に順番が巡ってこなかったとしても、一向に構いませんよ」

自分がこう答えると、人族の男性は「へっ、どうだかな。口では何とでも言えるよなぁ？」との言葉を投げてくる。言葉のキャッチボールからドッジボールに変わりそうなので、これ以上会話を続ける気は起きない。自分が黙ると、人族の男性は見下すような目つきと、上品とはとても言えない笑みを見せた後は静かになった。

それからしばらくの時が過ぎた後、一人の狼獣人さんが姿を見せた。

「皆様、お待たせしました。私がこの街の長を務めさせていただいている者です。これから皆様を、裁定を受けるための場所へご案内いたしますので、どうかご同行願います」

さて、いよいよだ。

長だという狼獣人さんの先導に従って、裁定の場所とされている部屋に向かう。

そこには、岩の台座に刺さった一本の剣が。まるでアーサー王がカリバーンを引き抜く物語に似た光景だな。

そして、突き刺さっている剣は間違いなくこの時代の【円花】だと確認。この剣を抜いた悪党が暴れ出す前に破壊できれば、最低限の目的は達成できる。それ以上は、自分の頑張り次第となるか。

「では、裁定を始める前にくじ引きで順番を決め――」

「ちょっと待てよ！」

長の狼獣人さんが説明を始めようとしたとき、先程自分に言葉のドッジボールを仕掛けてきた人族の男性がそこに割り込んだ。

「こういうのは到着が早い者から順番で挑戦するものだろうが！　もし先に剣を抜かれちまったら、そこでお終いになっちまう！　だから一番早く来た俺が最初に――」

「うるさいわよ、貴方」

自論を展開する人族の男性の言葉が、フードを深く被った女性の声で遮られる。言葉のドッジボール大会が勃発してる……

「ここの長の決め事に大声で自分勝手なケチをつける貴方の品性のなさ、見るにたえないわ。貴方のような人が裁定を受ける資格を持つとは思えない。それに、先程までいた部屋でも、後から来る人全てにいちいち喧嘩を売りつけていたでしょう？　正直、貴方は邪魔。消えてほしいわね」

言葉は辛辣だが、心情的には同意だなぁ。騒ぐ人ってのはどうにも好きになれない。剣が欲しい気持ちは分かるけれど、だからって周囲に噛みついていたら要らぬ敵を作り続けるだけだろうに。

それとも、『剣を手に入れたらみんな斬り捨てる予定だから関係ない』のか？

そんな事を考えながら、自分はつい騒ぐ人族の男を睨んでしまう。が、睨みつけていたのは自分だけではなく、他の人達もだった。

その視線にたじろいだのか、人族の男も「ああ、くじでいい！」と吐き捨てる。

と、その前に、自分も言っておく事があるんだった。

「あの、すみません。自分は最後でいいです。自分の目的はあくまで剣を見る事と、剣が抜けるところに立ち会えればいいなという事だけなので」

この申し出はあっさり認められた。まあ、誰も断る理由はないよな。ライバルが勝手に引き下がってくれるんだから。

が、もちろん自分は謙虚な心を持って発言したわけじゃない。もしくじで一番になって抜けなかった場合、裁定が終わった人はすぐにこの場から去ってください、と言われると困るからだ。

そして、剣を抜いた奴が真っ先に斬りつけるのは、近くにいる人であろう事は想像に難(かた)くない。特にこの街の長が危ないだろう。試し斬りなどと言って斬りかかる未来が手に取るように見える。そこから街全体のパニックに発展する可能性は高く、そうなったら被害がどれほど広がるのか、考えたくもない。

自分がこの事件について知った本には、魔剣を抜いて虐殺を起こした奴には仲間もいた、と書いてあった。

だから、自分はこの場にいて、剣を抜いて暴れようとした奴を斬る。その後、仲間の暴漢達を迎撃する。魔剣さえ使われなければ、獣人の皆さんの力で返り討ちにできるだろうから。

そしてくじ引きが行われ、熊の獣人さん、大剣を背負った男性、ローブの女性、煩い男、そして自分の順に、剣の裁定をする事が決まった。

早速、街の長さんの「どうぞ、挑戦してください」という声に従って剣に手をかける熊の獣人さん。だが、その剛力をもってしても剣はぴくりとも動かない。

「残念ながら、貴方は剣に認められなかったようです。それではこの場から、退出願います」

あぶな。やっぱり失敗したら退出しないといけないパターンだった。最後でいいと言っておいて助かったよ。

熊の獣人さんが案内付きで退出した後、大剣を背負った男性が挑戦したが、こちらもぴくともせず。一つため息をついた男性は「残念だが、致し方あるまい」と言い残して立ち去っていった。

その次の女性もダメだった。彼女は首を横に振った後で立ち去ろうとしたのだが、それを止めたのが煩い男だった。

「はっ、お前はそこにいろよ。俺がこの剣を抜くところを見せてやるからよ！」

そう言うが早いか、長の声かけを待たず、剣に近寄る煩い男。そして剣に手がかざされたときに、それは起こった。いくつもの細い紫電が走り、剣が突き刺さっている台座に無数のヒビを入れたのだ。

「！　いったい何をした⁉」

長の叫びを無視して、煩い男は剣に手をかけた。ヒビの入った台座にもはや封印の力はなく、あっさりと煩い男の手の中に剣が納まる。

「はっ、こんな封印なんざ破壊すりゃいいだけだ。これでこの剣は俺の物だ！　早速試し斬りといこうか……そのために女、お前を残したんだからよ！　品性のない男と罵った相手に斬られる気分はどうだ？　死ぬ前にしっかり聞いてやるから安心しろ。さあ剣よ、遠慮せずにたっぷり血を吸いやがれ！　まずはこいつのからだ！」

そして、剣が長に向かって振り下ろされる。

でも、やらせないよ？　こういった展開を、自分はしっかり予想していたのだから……出番だぞ。

「【円花】ぁっ！」

自分の声と共に【円花】が実体化。そのまま、スネークソードモードにして全力の突きを見舞う。伸びた切っ先は、長を傷つけようとしたこの時代の【円花】の刃を捉えて木っ端微塵に打ち砕いた。刃の細かな破片が輝きながら吹き飛び、地面に落ちていく。

さて、ここからが自分にとっての本番だな。

3

「長殿、すまないな。だが、魔剣が外道の手に渡って多くの血が流れ、多くの悲しみを生み出すよりは、ここで砕くのが最善と考えた。詫びが必要であれば、そうさせていただく」

伸ばした【円花】を引き戻しながら、長に向かってそれっぽい話をアドリブで言っておく。

自分を除く全員が呆然としている中、いち早く状況を理解したのは、凶行に走る気満々だった煩い男。彼は一目散に部屋の出口に向かって走り出した。

もちろん、逃がすつもりはない。【円花】の先端を出口付近に引っかけ、自分の体を引き寄せさせて瞬時に移動する。

「残念！　この場からは逃げ出せない！」

そんな言葉と共に、煩い男の前に現れてあげる。こうやって冷静さを奪えば、大体の場合、相手がとる動きは単調になって簡単に読める。今回もその例に漏れる事なく……

「どけえ！」

煩い男が短剣を抜き放って突撃してくるが、その動きは精彩に欠け、龍の国に入れるようになったプレイヤーなら、大半の人が余裕を持って対処できるレベルでしかない。

軽くかわした後、カウンター気味に男のみぞおちへと膝でキツいやつを一発。崩れ落ちていくところにトゥキックで股間に更に一発。この二発で男は泡を吹いて昏倒した。いつもの足の装備があったら、股間は血まみれだっただろうな。

「――女の私が言うのもなんだけど、二発目は特に痛そうだったわね。こんな下品な男に同情はしないけれど……相当痛かった事でしょう。泡を吹くのも納得、といったところかしら」

なんてご感想を、ローブ姿の女性から頂いた。

　でも、この手の奴は何を隠しているか分からんからな。中途半端にするより、きっちりと戦闘不能にして動きを止めないと危険だ。

　実際、体を改めてみたら毒の瓶（びん）や含み針とかの暗器が出てきた。やっぱり少々やり過ぎぐらいでちょうどよかったな。

「命を救っていただき、感謝いたします。貴方がここにいらっしゃらなければ、間違いなく私は殺されていたでしょう。剣を残された先代も、このような者に使われるぐらいならば壊されたほうがマシと仰られるでしょうから、お詫びなど不要です」

　っと、長の意識もようやく戻ってきたようだな。

　さてと、それじゃさっさと次に移ろう。この男の仲間を迎撃しないといけないんだから。

「長殿、ならば一ついいだろうか？　この手の悪党は団体行動をする事が多い。先程の行動から察するに、魔剣の力を以て長殿をはじめとする重要人物を数人斬って、街に混乱をもたらす腹積もりだったと予想できる。そしてその混乱の発生が、他の仲間に攻め込むタイミングを教えるものだとしたら……そう遠くないところに、こいつの仲間は隠れているはず。今すぐ街の門を閉じ、迎撃の準備をしたほうがいいと思われるが、いかがか？」

　自分の献策を聞いた長の行動は早かった。すぐに補佐役の人に伝言を要請し、街にあった門がそれから一〇分後には全て閉じられた。ひとまずこれで、賊が街になだれ込んで一般市民が虐殺される可能性は大幅に減った。

さて、これを見た賊共はどういう行動をとるかな？　諦めて去るなら無理に追う必要はないだろうが……と考えていたところに、伝令役の獣人さんが長の家に走りこんできた。

「お、長ーっ！　大変だ！　東の扉が斬り裂かれてあっけなく破られた！　奴らの中に、何らかの魔剣使いがいるみたいで……！」

この報告に、長の家に集まっていた皆の表情が変わる。

あの本に書いてあった虐殺ってのは、こういう事か！

獣人の皆さんは、一般市民であっても人族から見れば途轍（とてつ）もない身体能力を持っている。そんな彼らを虐殺できた原因が魔剣なのであるが、よくよく考えてみたら、使われたのが【円花】だけだったというのは自分の勝手な思い込みに過ぎなかった。

もたもたしていたら、大勢の人が殺される！

「すぐに打って出る！　案内を！」

「私も行くわ、ある程度魔法もいけるから役に立てると思う」

剣を抜きに来ていたローブ姿の女性も協力を申し出てくれたので、特に苦戦している場所へと案内してもらう。その途中で大剣を背負った男性を見つけ、彼にも協力してもらう形になった。

そうして自分が見たものは――いかにも山賊！といった髭面（ひげづら）で腹の出張った男が振り回す大きな斧を、半分ぐらいに折れた剣を手に防ぐ犬の獣人さんの姿だった。

山賊風の男の周囲には賊の集団がいて、怪我を負って動けない人達を必死で庇っている犬の獣人さんに向かって、さっさとやられちまいな、などと罵声を投げかけている。

その状況を覆すべく、自分は【円花】を伸ばして山賊風の男が持つ斧の横っ面をひっぱたくが、びくともしなかった。あの斧が、魔剣の一種か。

そして、この場にいる人々の視線が一斉に自分へと向く。特に横槍を入れられた山賊風の男は、不愉快そうな表情をはっきりと浮かべていた。

「援軍か!? あの斧には気をつけろ! 鋼の剣が紙のように容易く断ち切られるほどの切れ味を持っている! 街の門も、こいつの斧でぶった切られちまったんだ!」

自分の横槍でひと呼吸の休息を取れた犬の獣人さんが、そう教えてくれた。だが、これを聞いた山賊風の男は下品な笑い声を上げる。

「ぎゃっはっは、この斧は当たれば一撃で相手を殺せるだけじゃねえ。こいつはいくら振り回したって疲れ知らずだ! 俺様にとって最高の相棒よ。こいつの前では、どんな奴でもいつかは疲れ果てる。そこを美味しく捕まえて真っ二つってわけだ! おめえもこの斧で血まみれの肉塊にしてやるぜ! ああ、金目の物は全部俺様達が頂いてやるから、安心してあの世に逝け!」

言うが早いか、犬の獣人さんを仲間に任せ、自分目がけて突進してくる山賊風の男。

でもねえ……それって、あくまで近接戦闘で真っ向勝負の人に限った話でしょ? こっちにはお前のような奴と真正面から戦うつもりは微塵もない。

「――【円花】」

するするっと蛇の如く地面を這って切っ先が進む、スネークソードのアーツ《ポイズンスネーク》を発動。山賊風の男は正面にいる自分の事ばかり見ているようで、それに一切気がついていない。

なので遠慮なく、その左膝に【円花】を深く食らいつかせた。

「うがあああ!?」

突如訪れた痛みにあっさり斧を手放し、もんどり打つように倒れる山賊風の男。

やっぱりな、こいつは良すぎる武器の性能で勝ってきただけだから、戦士としての能力は下の下だと予想していた。あの斧がなければ、きっと犬の獣人さんは余裕を持って勝ってただろうってのは、最初に見たときから思ってた事だ。

というのも、自分が到着したときの戦いでのこいつは、明らかに大振りで無駄な動きが多すぎな、初心者の動きってやつだった。それでも犬の獣人さんが踏み込めなかったのは、後ろに怪我をした人達がいたのと、どんな物でも断ち切られる一撃の怖さを最大限に警戒していたからだろう。

でも、今の自分と山賊風の男の間合いであれば、どうあがいても斧の攻撃は届かない。もちろん斧をトマホークみたいに投げてこられれば別だけど、そうなったらそうなったで得物を失ったあいつを倒すのは容易い。

「うがあぁ、抜けねえ、抜けねえ!」

【円花】が食いついた左膝を抱えながら転げ回る、山賊風の男。必死で切っ先を抜こうとしているが、上手くいかないようだ。ま、そうなるようにしているんだけどさ。

そして、隙だらけと言っていいその姿を、犬の獣人さんが見逃す事はあり得ないんだよね。

「あの斧さえなければ、貴様など手こずる相手ではないのだ！」

と、半分になっている剣を山賊風の男の脳天に突き立てる。その一撃がトドメとなって、山賊風の男は二度と声を上げる事のない骸になった。

すると途端に他の賊連中は逃げ出した。ちょっとでも不利になったり不安要素が入ったりしたら逃げの一手か。まあ、賊の繋がりなんてそんなもんなのかね。

それから、【アンコモン・ポーション】を取り出して怪我をした人に振りかけていく。これで命の危機からは脱するはずだ。

「すまん、援護に感謝する。それに怪我人の手当てまで……その上で心苦しいのだが、残りの賊共の討伐にも共闘を頼めないだろうか？　ああいう連中はしっかりと始末しておかないときりがない」

もっともな話だ。なのでこのまま、他の門から街に押し寄せてきていた賊共を、獣人さん達と協力しながら殲滅。賊の戦力はさっき倒した斧持ちにかなり依存していたようで、大した時間はかからなかった。

今回は一人も生け捕りにせず、襲ってきた賊全員が屍を晒す事になった。これは因果応報なのようがない。

で別に何とも思わない。こうなるのが嫌なら、初めからそれなりの身の振り方を考えろとしか言い

「終わったな、賊以外に死者が出なかったのは何よりだ」

「もしあそこで魔剣を手に入れた男が暴れていたら、このぐらいの被害じゃ済まなかったわ……そうなっていたらと思うと、ぞっとするわね」

大剣を背負った男性とローブ姿の女性もかなり活躍したようだ。二人に感謝を伝える獣人さんも多い――実際は、そのぞっとする展開が正しい歴史なんだけど。

まあなんにせよ、これでやるべき事は全て終わったな。失礼する事にしよう。

街の出口へと歩き出した自分に、背後から声がかかる。

「ちょっと、どこへ行くのよ？　って、貴方⁉　体が透けてきてるわよ⁉　いったいどうしたのよ！」

ローブ姿の女性に言われて、自分の手を見ると、確かに地面が透けて見える。どうやら時間切れらしい。主目的であったこの時代の【円花】の破壊を早々に済ませたから、時間切れが知らぬ間に近づいていたんだろう。

「自分の役目は終わりって事かな。それでは失礼するよ」

そう言い終えた直後、自分の視界が暗転する――ああ、本来の世界に帰る感覚だ。

【スキル一覧】
〈風迅狩弓〉Lv50（The Limit!）〈砕蹴（エルフ流・限定師範代候補）〉Lv42《百里眼》Lv40
〈技量の指〉Lv78〈小盾〉Lv42〈蛇剣武術身体能力強化〉Lv18〈円花の真なる担い手〉Lv3
〈義賊頭〉Lv68〈隠蔽・改〉Lv7
〈妖精招来〉Lv22（強制習得・昇格・控えスキルへの移動不可能）
追加能力スキル
〈黄龍変身〉Lv14〈偶像の魔王〉Lv6
控えスキル
〈木工の経験者〉Lv14〈上級薬剤〉Lv49〈釣り〉（LOST!）〈医食同源料理人〉Lv14
〈鍛冶の経験者〉Lv31〈人魚泳法〉Lv10
ExP30
称号：妖精女王の意見者　一人で強者を討伐した者　ドラゴンと龍に関わった者
妖精に祝福を受けた者　ドラゴンを調理した者　雲獣セラピスト　災いを砕きに行く者
託された者　龍の盟友　ドラゴンスレイヤー（胃袋限定）　義賊　人魚を釣った人
妖精国の隠れアイドル　悲しみの激情を知る者　メイドのご主人様（仮）　呪具の恋人
魔王の代理人　人族半分辞めました　闇の盟友　魔王領の知られざる救世主　無謀者

魔王の真実を知る魔王外の存在　天を穿つ者　魔王領名誉貴族
プレイヤーからの二つ名：妖精王候補（妬）　戦場の料理人
強化を行ったアーツ：《ソニックハウンドアローLv5》

4

目を覚ますと、ログアウトした宿屋の天井が目に入ってきた。無事円花の世界から帰還できたか。三回ほど瞬(まばた)きをしてから体を起こす。近くのテーブルの上でまどろんでいた妖精アクアも目を覚まして、「ぴゅ！」と挨拶をくれた。

装備を身に纏い、部屋から出ようとしたとき、天井から僅かに叩く音が聞こえた。これは義賊小人のリーダーだな、何があった？

ドアノブから手を離し、ベッドに腰かけてから「いいぞ、入れ」と呟く。

「親分、申し訳ありやせん。少々お耳に入れたい事がありやして」

小人リーダーが、無駄なおしゃべりに来たとは思えない。だから「構わん、話せ」と短く告げる。

「実はここ最近、世を騒がせる義賊集団が現れたようで……それだけなら別に親分にまで話を持ってないんですがね……問題がありやして」

そうして話を聞いていくうちに、自分は少々しかめっ面をせざるを得なくなった。どうもそいつらは自己顕示欲が非常に強いようで、小さな悪党を潰すにしてもいちいち見栄(みば)えのする大立ち回りを演じて大掛かりにするらしい。そいつら、本当に義賊なのか？

「親分の考える事は分かりやす。確かに奴らは悪党しか叩いておりやせん。ですが、親分のお考えのように目立ち過ぎという点は弁解しようがありやせん。あっしらは義によって動いているとはいえ、賊は賊。影(かげ)に紛れて行動し、陰(かげ)で事を済ませ、翳(かげ)の晴れぬうちに去るのが鉄則でありやす。あっしらのような者は基本的に存在しないように立ち回らなければ、お天道様(てんとうさま)の下で汗を流す皆様方にいらぬ恐怖心を与えかねませんや」

そう、義賊と名乗れど所詮は賊。無断で他人の家に入った事も何度もあるし、色々とやってきているからな。『正義のためだ』なーんて言ったって、法に照らし合わせればそれらが罪である事に変わりはない。あくまで、成果を出したから『見逃してもらっている』だけだ。それを、目立っている連中は理解していない可能性が高い。

厄介な事にならねばいいが、ならないわけがない。そんな連中は、為政者からしてみれば捕縛するのが当然だし、悪党からは真っ先に潰すべきターゲットとみなされる。

「更に困った事に、そいつらはあっしらができる限り静かに片を付けたいくつかの問題を、自分達が解決したなどと文(ふみ)をばら撒いて宣伝までしておりやす。この事に対して、部下からかなりの不満が上がってきてやして……ずいぶん骨を折って穏便に片を付けた苦労を台無しにされた、と。手柄なんてのはどうでも構いやせんがね、喧伝される事で、静かに暮らせていた人達の周囲が騒がしくなってしまっておりやす」

——それは、看過できないな。こっちの仕事の成果を奪った云々は二の次三の次でいい。だが、静かに過ごしている人の生活を妨害したとなれば話は別だ。そこに義はない。

「命令だ。そいつらの行動から目的、今までの仕事、全てひっくるめて洗い出せ。その結果次第では、直接話をつけに行く必要が出てくるからな。その備えも忘れるなよ？」

自分の指示に頷くと、小人リーダーは姿を消した。

それにしても面倒な仕事を増やしてくれたものだ。目立ちたいなら、どこかの国の警備関連にでも協力して成果を上げればいいだろうに、よりによって義賊を名乗って大立ち回りか。

そしてもし、その義賊団がプレイヤーを中心としたメンバーで固められていたら、余計厄介だ。小人リーダー達の能力は優秀だが、プレイヤーに対してはあまり効果がない。おまけにプレイヤー同士の話となれば、拗れる可能性がより高くなる……人のプレイスタイルにケチをつけるのか、と反論されるのが容易に予想できる。

嘆いても仕方がないか。とりあえず今日はどうしよう。小人リーダーの調べ物が終わるまでは、この街から離れないほうがいいだろうな……ただし行動は情報が集まってからで十分だ。そうなると、街中でできる仕事を見つけるか。

調合関係はイマイチ閃きの神が下りてこないし、料理関連もまだ食べてない料理がアイテムボックスの中に結構残っているから、それを消化した後でいい。鍛冶は、もうちょっとアイディアがしっかり固まってから取りかかりたい。

街中をぶらぶらと見て回り、何か困っている人はいないかなと思ったが、特にこれといった仕事のネタはなさそうだった。

途中で休憩し、適当な料理をアクアと一緒に食べたぐらいで、やる事が見つからない。でも平和なのは良い事だ。今日はスリなどもいないようで、街のあちこちから談笑が聞こえてくる。

(そうだ、せっかくここまで来たのだから、前に世話になった道具屋を覗きに行こうか。今どうなっているか様子を見てみよう)

『痛風の洞窟』攻略で助けてもらい、その後には娘さんの件でひと騒ぎがあった、あの道具屋へと足を向ける。到着すると、まずまず人の出入りがあって、それなりには繁盛しているみたいだな。

他のお客に紛れて中に入ってみる。品揃えは、以前より少し良くなったような気がするな。冷気対策の品は相変わらずだが、一般の人が買う物……食べ物や飲み物、それにちょっとしたお菓子などが増えたようだ。以前よりも手を広げているんだな。

「いらっしゃいませ、何をお探しでしょうか?」

店を見て回っていると、中学一年生ぐらいの子から声をかけられた。この子はマリアちゃん、だったかかな? 親から名前を呼んでもらえなくなった悲しさから、家出をして騒ぎになったあの子だ。それで自分は、ここの道具屋の主人である父親に、説教をかましてしまったんだっけ。

あのときはずいぶんと偉そうな事をしてしまったな、とつい苦笑が漏れる。

「日持ちのする携帯食を探しているんだが、お勧めはどのあたりかな？」

何も買わないというのも不自然なので、携帯食を買う事にした。携帯食は腐りにくいからいくらあっても困らないし、他の料理にプラスできるものが多くて便利だ。例えば燻製肉は、スープに入れれば出汁をとれる。

道具屋の今を見られて安心したし、買い物を済ませたら立ち去ろう。

「それではこちらでどうでしょうか、お兄ちゃん」

――しかし、そんな考えはあっさりと破綻した。どうやら、マリアちゃんは自分の正体を見破っていたらしい。あれからしばらく顔も合わせていなかったというのに……それに当時とは装備が色々と違う。特に外套は大きく変わったから、見ただけでは自分だと分からないはずだが。

「ちょっと見に寄っただけで、すぐ帰るつもりだったんだが……ばれちゃった以上は仕方ないか。どうして分かったのかな？　お久しぶり、マリアちゃん。でもここじゃ他のお客さんの迷惑になっちゃうから、話をするならば場所を変えたいな」

ドラゴンスケイルヘルムとフードを脱いで、素顔をマリアちゃんに見せる。

「お兄ちゃんの声を忘れるなんて絶対にありえないよ！　お兄ちゃんはおんじんだもの！　じゃ、こっちに来て」

うーん、マリアちゃんが自分の事をお兄ちゃんと呼ぶたびに、お店にいる何人かが自分に威圧というか殺気というか、とにかくそういった類のものをぶつけてきた。

マリアちゃんの案内を受けながらちらりちらりとその発信元を見て、どれも大体マリアちゃんと同じ歳ぐらいの獣人の男の子だった事に納得する。彼らにとって、マリアちゃんは片思いの相手なんだろう。で、お互いが牽制していたところに知らない人族がやってきて、親しげにお兄ちゃんと呼ばれていたら、心穏やかではいられないよな。

（人の恋路を邪魔するつもりはなかったんだけどねえ。彼らが買い物に来るのは、マリアちゃんと話をするチャンスを得るためか……涙ぐましい努力だな）

その行動を笑うつもりは決してない。微笑ましい気持ちにはなるけど。頑張れよーと言ってあげたいが、それは難しいか。そんな視線を浴びながら、お店の裏に移動する。

マリアちゃんからは、ここで待っててね！と言われたので、大人しく待つ事に。おそらくご両親のうち、すぐに動ける方を呼んでくるのだろう。

やがて、パタパタという足音と共に、マリアちゃんのお母さんがやってきた。

「まあまあまあ、いらっしゃると分かっていれば、もっとしっかりお出迎えができましたのに！」

そんな事を言いながら自分に頭を下げてくるマリアちゃんのお母さん。

「いえ、こちらもふらりと近くに来たから様子を見ようと思っただけでして。逆にお時間を取らせてしまって申し訳ない」

そんなやり取りから始まったが、この日ログアウトするまで色々な話をした。ご両親はマリアちゃんの事をちゃんと名前で呼ぶようになり、彼女も色々とお店の手伝いをするようになったとか。特に、お菓子をお店に置くようになったのはマリアちゃんの考えらしい。

時々喧嘩はあるようだけど、以前に比べればずっと親子仲は良くなったようでひと安心。あのとき自分が取った行動は間違っていなかった。この家族には、これからも幸せでいてほしいものだな。

そしてそれから数日、自分は宿屋の中で、変装用の偽顔作りなどや新たな道具を生み出すべく調合を繰り返していた。宿の外に出る時間はほとんどなかった。

そんな事をやっていたのは、新しく出てきた義賊達の一件が予想以上に大きくなっていたからだ。あれから小人リーダーに情報を集めてもらったところ……奴らは夜でも平然と爆発物を使う事が判明。遅い時間に突然響き渡る爆発音は、もはや安眠妨害なんてレベルではなく強いストレスを感じさせ、実際に具合を悪くする獣人さんが多数出てきていた。

それに、他の義賊が密かに片を付けた事件を掘り返して自分の手柄だと喧伝する事の被害が、予想以上に大きかったのも頭が痛い。当事者が引っ越しを余儀なくされるなんてのは可愛いほうで、婚約の解消や契約の取り消しなど、金銭から人生にまで関わる被害も多数ある事が確認された。

そして、当の義賊団はその事に一切気がつく様子が見られないというのだ。

これらの状況を鑑みて、もう放置しておく事はできないと自分は結論付けた。そして、彼らを一網打尽にすべく情報を更に集めていたところ、他の義賊団や以前共闘した獣人連合の影達から接触があった。

目的は同じなのだから、共闘して事に当たろう。ひと言で言えばこういう話だ。

断る理由はないので、彼らと直接会って意見交換後、共闘への同意と契約を交わした。

奴らの捕縛は、「ワンモア」世界の明日の夜に決行すると決まっているので、それまでに必要となる物を仕込んでおく必要がある。

調合の途中で、スキル〈上級薬剤〉のレベルが50に到達した。なのでＥｘＰ５と引き換えにスキル進化を行って〈薬剤の経験者〉へと上げておいた。この進化で調合が安定して成功するようになり、非常に助かった。

今回は夜の街中での行動となるので、爆発物である【強化オイル】は使えない。その代わりとして、義賊小人達が集めてきてくれた様々な毒草の中でも使いやすそうな【昏睡草】を用いた、新しい妨害用ポーションの製作に全力を挙げている。

そして試作品を義賊小人に渡し、色々なテストをモンスター相手に行ってきた。

最初は単純に、【昏睡草】から抽出できた睡眠毒のみを扱っていた。だが、報告によるとこっちに気がついていないモンスターには有効であったが、気がついて興奮状態のモンスターには一切効かなかったそうだ。

なので、少し他の毒を混ぜる事で、より睡眠毒が体に染み込むような調合を色々と探してみた。HPにじわじわとダメージを与えるベーシックな毒をはじめ、手当たり次第に試した結果――一番良い報告が上がってきたのは、昏睡毒七、麻痺毒二、そして上手くいかないので半分自棄（やけ）でぶち込んだ【快復草】一の割合で調合を行った物であった。

おそらく、麻痺毒がほんの少し体をマヒさせたところに昏睡毒が潜り込む、という流れになっているんだろう。【快復草】は、両者の毒効果を高めていると思われる。

【昏睡ポーション・改】

このポーションの水煙を体に取り込んだ者は、戦闘中であっても強制的に眠らされてしまう。

ただし、睡眠の状態異常に耐性があると十全に効果が発揮されない。

また、何度も使うと耐性が出来る。

そのため、永続的に眠らせる事はできないし、効果の発現に必要な時間と摂取量も増える。

無差別に眠らせるので、自爆や誤爆に注意が必要。

製作評価：6

「親分、例の新型昏睡水薬の効果は上々でさ。怒り狂った魔物ですら一分とかからず寝込みやすよ。連続して使うと効果が薄れてきやすが、初回の不意打ちで使うには十分過ぎる性能でしょうな」

――どうやら、最終チェックも上手くいったようだ。間に合ってよかった……これで切った張ったの状況を最小限に抑えられる。今回の捕縛は街のど真ん中でやるので、できる限り音を立てずに全てを終わらせたい。何せ連中の次の狙いは、こちらの頼みに快く囮役を引き受けてくれた街の中にある商人の家という事が分かっている。

で、そこの商人が脱税などの悪事を働いている、という嘘情報を連中の耳に入るように流した。そうしたらあっさり釣れたんだよな……一切裏を取らないで決めてる時点でダメだな、と思った。

うちの義賊団は必ず小人リーダーらが裏を取って、間違いなく黒だって判明しない限り、仕事を始める事はない。

「そうか、それは何よりだ。できるだけ静かに無力化せんとならんからな……あの連中に爆発物を使わせたら最悪、大火事が発生する。連中はそういう事を考慮に入れないのかと首をかしげてしまうが、そこのところは分からないか？」

自分の疑問に、小人リーダーは「一応調べやした」と返答。優秀だなぁ。

「連中は、爆発はするが発火はしないものを使っているようで……と言っても、あくまで爆発物が積極的に発火しないだけで、火花などの火種となりうるものは出ておりやした。今まで火事にならなかったのは、単純に運が良かっただけでしかありやせん。そして、そんな運が切れた時が大火事の発生する時となりやす。あっしから見ても、あの連中は義賊を名乗るだけの単なる悪党になる寸前といったところで。今回で全員逃がさず捕縛しないと、多くの人命と財産が失われる不安の火種を消せませんや」

　この報告を聞いてゾッとした。そんな危険物を、あいつらは平然と街の中で使ってるのか⁉

やっぱりあの連中は危険すぎる。

「それでも一応、捕縛前にそういう危険性を伝えて、今後はちゃんと義賊らしい振る舞いをするか、あるいは足を洗うか、問いただす事にしよう。無論、一回だけだ。それで素直に行いを改めるなら良し、足を洗うでも良し。それ以外なら、やはり捕縛するしかないだろう。あいつらの考えと街の人達の命を天秤にかけるような真似はできん」

　まあ、九九％聞きやしないんだろうけどな。俺達のプレイスタイルを否定するな、って言ってくる姿が今から目に浮かぶ……そう、例の義賊の一団は、プレイヤーが五人、こちらの世界の住人が一二人の構成である事が判明している。

　この場合、ＰＫ（プレイヤーキラー）ができない「ワンモア」のルールを抜けるために自分はこっちの世界の人達を捕縛、偽義賊をやっているプレイヤーは「ワンモア」の世界の人達に捕縛を頼む形になる。当然、【昏睡ポーション・改】を投げるのも、小人リーダーをはじめとしたこちらの世界の存在に任せる。今回製作した薬は敵味方を無差別に眠らせてしまうけど、近寄らずに投げれば問題あるまい。

「他の連中はどうだ？　準備はもう整っているのか？」

協力者達との連絡は、小人リーダーとその周囲を固める精鋭に頼んでいる。リーダーは仕事が多くて一人では手が足りないので、彼が優秀だと認める六名に補佐をやらせているのだ。

「へい、今回の捕縛に参加する三つの義賊団全てから、準備を終えたとの連絡が入っておりやす。お上のほうも、滞りなく作戦を始められる状態にあると知らせてきやした。親分の薬も完成しやしたので、これで今回の準備は全て整った事になりやす」

と、小人リーダーが報告。よし、準備万端で迎えられるなら、油断さえしなければ捕縛は成功させられるはずだ。この捕縛に失敗すれば街の人達を危険に晒す事になる可能性が高いだけに、失敗は許されない。きっちり仕事を済ませて、手を組んだ皆で成功を祝いたいものだな。

「よし、決行はついに明日だ。小さな事でも異常があれば必ず報告しろ。小さな見落としで全てを台無しにしてしまったら、取り返しがつかん。あんな連中にこれ以上義賊の名を汚させるわけにはいかない。終わるまで気を抜くなと、皆に伝えておけ」

小人リーダーはいつものように頷き、姿を消す。

自分も調合作業が一段落したので、ログアウトする事にした。明日は、大捕り物だな。

【スキル一覧】
〈風迅狩弓〉Lv50（The Limit!）〈砕蹴（エルフ流・限定師範代候補）〉Lv42《百里眼》Lv40
〈技量の指〉Lv78〈小盾〉Lv42〈蛇剣武術身体能力強化〉Lv18〈円花の真なる担い手〉Lv3
〈義賊頭〉Lv68〈薬剤の経験者〉Lv9
〈妖精招来〉Lv22（強制習得・昇格・控えスキルへの移動不可能）
追加能力スキル
〈黄龍変身〉Lv14〈偶像の魔王〉Lv6
控えスキル
〈木工の経験者〉Lv14〈隠蔽・改〉Lv7〈釣り〉（LOST!）〈医食同源料理人〉Lv14
〈鍛冶の経験者〉Lv31〈人魚泳法〉Lv10
ExP28

5

「では、決めた通りに」

「了解、配置につく」

「頼むぞ」

翌日のログイン後、協力者達と最終確認をした後、捕縛作戦を行うための配置についていく。そして「ワンモア」世界に夜の帳が下り始める頃……全ての配置が完了したと連絡が入る。あとは、必要最小限の食事をとって体力を温存しながら、ターゲットがやってくるのを待つだけだ。

やがて完全に夜になり、リアルで言うなら草木も眠る丑三つ時という頃合いに、奴らは現れた。

(では、始める)

(へい、承知で)

そんなやり取りを小声で交わした後、自分は弓を構えて矢を番える。これはターゲットに直接当てるわけじゃない。相手のやや前に撃って、足を止めるのに使うのだ。

以前立てた予定通り、今回はいきなり捕縛とはいかない。まずは連中の足を止めた後、自分から説得を行う。この説得を聞き入れて、行いを改めるか足を洗うかすれば、それ以上は何もしない。

何かするのは、今まで通りの行動をこれからもやり続ける意思を見せたときだ。

自分は矢を放ち、連中の数歩手前に突き立てた。すると連中は足を止めて周囲を見渡す。さあ、ここからが本番だな。

《大跳躍》を使って、連中の前に屋根から飛び降りる。自分だけではなく、小人リーダーと精鋭数名も一緒だ。

「――お前ら、何なんだよ？　俺達義賊団の邪魔をするつもりか？　これから悪党を裁きに行くんだから、害意がないと言うなら消えろよ」

こちらを見た連中のうち、一番先頭にいた覆面姿の男が威圧するように言葉を投げつけてきた。が、この程度では今更自分が怯む事はない。さて、どう話を切り出そうかな？

「いや待て、マズいぞ。あいつら、始まりの義賊団だ。あの小人達は始まりの義賊団にしかいない連中だ。そしてあの男が頭か。下手に逆らうな」

と思っていたら、別の覆面男がそんな言葉を吐いた。へえ、『始まりの義賊団』なんて呼ばれ方をしてたんだ、自分達は。初めて知ったよ。

まあいい、それなら手間が省けるというもんだ。借り受けてきた変声の道具の調子を確認してから、自分は喋り始めた。

「こちらの事を多少なりとも知っているようだな？　ならば面倒な挨拶は飛ばして本題といこうか。お前達は自らを義賊だと言っているようだが、残念ながら多くの人々がそうは見ていない。そもそも義賊とは、存在を大っぴらに見せるものではない。あくまで、闇の中で仕事を済ませて闇の中に去るべきものだ。なのにお前達はむやみやたらと派手に立ち回り、その成果を一般市民に言いふらして存在を宣伝する。その上、静かに暮らしていた人々の生活をかき乱し、挙句休むべき夜に爆発物を用いて安らぎをぶち壊す。そんなお前達の行動に義があるとは、到底認められん」

　ここまでは、向こうもこちらに手を出してくる様子は見せない、か。なら、話を続けよう。

「故に、こうして我々が出てこざるを得なかった。お前達には道が二つある。一つは、今までのやり方を捨てて真の義賊としての心構えを覚え、市井（しせい）に迷惑をかけぬようにする事。もう一つは、今宵限りで足を洗い、団を解散して二度とこんな真似をしない事だ。よく考えて決めるがいい」

　さてと、自分の言葉に連中はどのような反応を見せるか。

　が、考える間もなく、覆面男の一人が苛立ちを隠さずに言葉を吐く。

「始まりの義賊団だか何だか知らねえが、どうしてそんな事をお前達に指図されなきゃいけない？こっちの自由にやらせろよ」

　などと言ってきたので、小人リーダーらが集めてきた記録の写しを奴らの前に投げて「読んでみろ、それが理由だ」と告げてやる。

　その記録には、連中のおかげで家を捨てなければならなくなった者、恋人や伴侶（はんりょ）との別れを余儀なくされた者、夜に起こる爆発のストレスからノイローゼになって職を失った者や病気になってしまった者――更には、それらが積み重なったせいで自殺してしまった者といった、彼らの活動の被害者達の名前とその原因が記されている。

「読んだか？　お前達はそれだけ大勢の人々を苦しめた、その行動のどこに義があると言うのだ？　お前達はもはや義賊ではなくただの賊だ。これ以上放置できなくなったが故に、我々は今ここにいる。それと、お前達はある商人が悪行に手を染めているという情報を知ってやってきたんだろうが――それはこちらが流したガセネタだ。あの商人はまっとうな仕事しかしていない。そんな事すらろくに調べない時点で、話にならない。先程渡した記録の中にもあったはずだ。噂だけで実際には悪事を働いていなかった者が、お前達のせいで被害を受けたと」

こいつらが、僻(ひが)みややっかみから生まれたただの噂をもとに動いていたという話が、小人リーダーの集めてきた情報の中にあったのだった。

本当に何をやってるんだか……情報を軽視しているのか、それとも自分達が絶対的な善だと思い込んでいたのか。もしくは、単に自分達の行動に酔(よ)っていたのかもな。

「そ、そんなバカな。俺達は義によって動く義賊団だぞ!?　こんな被害を出しているわけがない！」

っと、反応があったな。手がガタガタ震えている奴もいる。もしかすると、本当に今初めて自分達がやってきた事の影響というものを知ったのかも。あまりにお粗末過ぎるが、今の反応からすると十分あり得るんだよなぁ。

「こんなのはでっち上げさ。義賊に感謝する連中はそれなりにいるんだぞ？」

その人達が感謝しているのは、自分達以外の義賊かもしれないだろうに。でもこいつらは、人の仕事を自分の功績にしちゃう連中でもあるから、目の前に大きな穴が開いてても気づかずにその中に落ちていくような雰囲気がある。

「そ、そうだそうだ。あの炸裂弾にしろ、研究を重ねて火は出さないようにしてるんだ。音ぐらいで大きな迷惑をかけているとは思えねえ」

おいおいおいおい、さすがにそれはないだろう⁉

お前が寝ているときに突如近くで爆発音が聞こえてきたらどう思うんだよ？　テロか⁉　事故か⁉——って大慌てなり警戒なりするだろう？　少なくとも、その夜はまともに寝られないだろ。そんな事すら分からないと？　だいたい本当に火事が起きる可能性だってあったんだし……

こりゃ、話をしても無駄だったかねぇ……

「こんな言いがかりに、俺達は屈さない。さっさと消えな、俺達は俺達なりの義賊としての仕事をする。邪魔をするなら、お前らを斬って排除するぜ」

こんな結論に至るなら、こいつらはもうダメだ。

交渉が決裂した事を他の協力者に知らせる合図として、自分は左手を垂直に上げる。その後すぐ、《大跳躍》で小人リーダー達と一緒に再び屋根の上に飛ぶ。それとほぼ同時に、あちこちからポーション瓶が割れる音がして、水煙が幾つも吹き上がった。

「何だこれは⁉　お前ら、息を止めろ！」

そんな指示も飛ぶが、残念ながら実行できた者は少なかったようだ。《百里眼》で見てみると、ターゲット達が次々と倒れていくのが確認できた。

水煙が晴れたとき、立っていた奴は三人。膝をついて何とか寝ないようにしているのが四人。他は全て夢の世界に旅立っていた。

あとは捕まえるだけである。ここからは、捕縛する大義名分を持っている人を前面に押し出す形をとる。

「義賊を自称して多大な被害をもたらしていた一団よ、貴様らを拘束する。逆らうならこの場で首を刎ねるぞ！　我々は獣人連合北街直属の部隊ゆえ、反抗は獣人連合そのものに対してとみなす！」

この言葉を叫んだのは、以前あった南街の一件で協力し合ったカリーネさん。彼女も本件には頭を痛めていたらしく、こちらの計画を聞くと積極的に協力してくれた。商人の噂話を流すのにも一役買ってくれていたりする。

そして何より、ちゃんとした公的な立場にいる人が捕まえないと、ちゃんとした裁きにならないというやっかいな部分を解決してくれたのがありがたい。この一団のせいで被害を受けた人は非常に多い。公式に捕まえた事を宣言して相応の罰を下してもらわないと、市民の皆さんが安心して眠れないままになってしまう。

あと、今自分が使っている変声の道具を貸し出してくれたのもカリーネさんだ。こちらの団員を貸し出して部隊員を鍛えてあげた事に対する、少しばかりの礼なんだと。

「ば、馬鹿なっ⁉　義賊とお上が繋がっているだと⁉　そんなふざけた話があるのかっ」

悪事を働くわけじゃないんだから、別に繋がっていたっていいじゃないか。いちいち細かい手続きをやっていたら面倒だし、こういうときスムーズに事が進むのはいいよね。

「では、捕縛開始。反撃してきた奴は斬ってかまわん」

カリーネさんの宣言と共に、彼女の部隊や隠れていた他の義賊団も姿を現して、ターゲット達を拘束していく。【昏睡ポーション・改】を凌いだ三人もすっかり逃げる事を諦めて、大人しくお縄を頂戴されていた。

自棄を起こして攻撃してくる奴への反撃も想定していたのだが、その準備は幸い無駄になったな。

結果だけ見てみれば、大捕り物は大成功に終わった。カリーネさんはそのまま連中を引っ張っていき、自分をはじめ残った義賊の一部は小さな打ち上げを開く事にした。

「お疲れさん」

「ああ、お前さんもな」

義賊の頭と、その右腕の部下だけが参加する小さな宴会。今回協力し合った義賊団は全部で四つだったのだが、そのうち自分のところともう一つがプレイヤーを頭とする義賊団だった。

「血が流れずに終わってよかったぜ。あんな連中のために団の仲間に怪我をさせたくはなかった」

もう一人のプレイヤーである義賊頭が、ブランデーを喉に流し込みながら言う。

「まったくだ、あいつらは義賊と言えば何でも許されるとでも思ってたんだろうか？　メガトン級の阿呆共だった」

別の義賊頭も、呆れたような口調でそう言ってラム酒を口の中に運ぶ。

「何にせよ、議会が公式に罰を下せば、彼奴(きやつ)らのせいで被害に遭った者達の留飲も少しは下がるだろう。被害者達にはさりげなくサポートもしてやらなくちゃな……余計な仕事を増やしやがって」

こちらの義賊頭はビールを好むようだ。

「まあ、コツコツやるしかねえ。頭が痛い話だが、ここで被害者を見捨てるのは義に背く行為だ」

自分は日本酒っぽいものを飲みながら相づちを打つ。我々四人にはカリーネさんから報酬が与えられるらしいので、自分はそれを全部被害者のサポートに回す予定だった。

「そうだな、お前の言う通りだ。あいつらは義というものを分かっちゃいねえ。あんな風に自分の手柄を誇りたいのなら、もっと別の道を歩むべきだったんだ」

自分の言葉にうんうんと頷いた後、ブランデー義賊頭がそんな事を言う。同意見だな、あれでなんで義賊になったんだかな？

「おそらくかっこいいとかそんな理由だろうよ。俺達は陰で全てを終わらせて、普通に生きている人達には何もない平和な一日だったと思わせなきゃいけねえってのによ」

ラム酒義賊頭の言葉もその通りだな。あの連中は、義賊という言葉の響きに酔っていただけの可能性が高い。

「何にせよ、厄介事が一つ減ってよかったとしよう。これからも、義賊らしい行動をとっていこうじゃねえか」

ビール義賊頭の言葉に皆が頷き、カチンと静かに酒器をあて合った。

この数日後、捕まった連中に相応の処罰が行われた事が確認でき、そうして今回の一件は完全に決着したのだった。

馬鹿降臨）雑談掲示板 No.2054（薬を漬けても治りません

61：名無しの冒険者 ID：f522gtWeB
世間を騒がしていた悪党が捕まったって噂を聞いたんだが……
誰か詳しい話知らね？

62：名無しの冒険者 ID：Dfas5ERWe
あー、確かにそんな話を「ワンモア」の住人がしてたよーな
どんな奴らだろ？

63：名無しの冒険者 ID：DRhseh5e7
それって、ここ最近急に現れた連中の事かな？
いろんな国で色々やらかして自画自賛してる連中がいるとは聞いてたが

64：名無しの冒険者 ID：kjy2oirr9
自画自賛ってｗ　そいつら、何をやってたんだか

65：名無しの冒険者 ID：SDFGsdfh3
なんか、義賊っぽい真似をしてたみたいなんだがよ……
時代劇の残り 10 分みたいな大立ち回りをわざと演出するらしいんだ
かなり迷惑だって知り合いが言ってたな

66：名無しの冒険者 ID：ERhserh5w
なんやねんそいつらは……
そういえば「ワンモア」世界の知り合いが、夜に突然爆発音がするから、
落ち着いて寝られないとか言ってたのも、それか？

67：名無しの冒険者 ID：Sdgfsadg8
おそらくそうだな、獣人連合の北街にいる行政関係の人から、
夜な夜な爆発物を用いていた連中を捕まえたって発表が出てる

68：名無しの冒険者 ID：SDRgs65e9
ああー、あいつらかよ
なんか悪党を捕まえたとか困ってる奴を助けたとか、
いちいちビラ撒いて宣伝してたよなぁ

69：名無しの冒険者 ID：dsrhser32
本人達はかっこいいつもりだったんだろうけど、
他の人からしてみればただの迷惑行為だよな

70：名無しの冒険者 ID：asdfadf2w
何でだよ！　こっちは悪い事している連中を捕まえていたんだぞ！
どこが迷惑なんだよ!?

71：名無しの冒険者 ID：Efew5F23W
まさかの本人登場。ってか、アレやってたのプレイヤーだったのかよ!?
あまりの馬鹿っぷりに運営が仕掛けたイベントキャラだと思ってたのに

72：名無しの冒険者 ID：SDgsdg3U4
そして迷惑行為やってる自覚なしか……そら捕まるわな
それが世のため人のためだ

73：名無しの冒険者 ID：2jRT2Opas
あほか！
夜中に街中で爆発物を使ってる時点でおつむが足らなすぎるわ！

74：名無しの冒険者 ID：asdfadf2w
仕方がなかったんだよ！
悪党の居所は揃いも揃って鍵とかが頑丈で、
爆発物を使ってふっ飛ばすしかなかったんだからよ！
それにあくまで爆発だけで、火事にはしてねえ！

75：名無しの冒険者 ID：Efaf3UYr9
　このウルトラ級の大馬鹿！
　お前は、自分が寝ている時にいきなり爆発音が聞こえたら、
　どういう心境になるかって分からねえのか!!
　心配でノイローゼになってるっての！
　妖精国でも人族の街でもそうだ！

76：名無しの冒険者 ID：Rsgaas3Wv
　火事にはしてねえって……火事にまでしたらただの放火魔やろ
　そんなところを堂々とアピールする時点でもう、ね……

77：名無しの冒険者 ID：gee6feiec
　ホント、捕まってよかったわぁ……
　これでやっと知り合いもゆっくり寝られるだろ……教えてあげなきゃ

78：名無しの冒険者 ID：iy2pdq6dC
　俺も知り合いに教えて回ろう
　もう落ち着いて寝られますよーって伝えなきゃ

79：名無しの冒険者 ID：DSFda52nc
　うんうん、これで世界は一つ平和になったな。良い事だ

80：名無しの冒険者 ID：asdfadf2w
　何で揃ってそんな風に言うんだよ！　俺達がそこまで悪いってのか！

81：名無しの冒険者 ID：DHtes32eW
　当たり前やん

82：名無しの冒険者 ID：RYEfg2rG2
　その通りとしか言いようがないんですが何か

83：名無しの冒険者 ID：EFGwea32W
本物の義賊の皆さんに土下座したらどうなん？
あんたらは義賊じゃなくて単なる悪党よ？

84：名無しの冒険者 ID：Efgewa3Fe
以下同文、で良さそやね
本人達だけが良い事をしてると思い込んで悦に入ってるパターンだもの
漬ける薬はねーな

85：名無しの冒険者 ID：ERysse2uw
スレのタイトルさ、『馬鹿降臨』ってつけるべきじゃないのかこれw
てか、薬を『付ける』じゃなくて『漬ける』ってのがいいなw
確かに漬けこんでも改善しなさそう

86：名無しの冒険者 ID：aDGfShjWw
あ、それいいかも
久々に「ワンモア」でここまでぶっ飛んだ馬鹿を見たわ
タイトルの後半には『薬に漬けても治りません』とかどうよ？

87：名無しの冒険者 ID：Saegaw3WEn
ま、そこまで言われても仕方ないレベルだわなこれは
ここ最近、街の人達が不安げにしてたもんなぁ……
やってる連中は、そういう反応を一切見てなかったんかい

88：名無しの冒険者 ID：asdfadf2w
そ、それじゃ俺達を捕まえた義賊を名乗る連中はどうなんだよ!?
あいつらだって俺達と同じだろうが！

89：名無しの冒険者 ID：AEffea9gb
ああ、誰が捕まえたんだろうと思ったら『本物』にやられたんか

90：名無しの冒険者 ID：egfa65fmn
さすが本物はいい仕事するな
お疲れ様です

91：名無しの冒険者 ID：ld3jUrFwv
そうか、本物が仇を取ってくれたのか……感謝だな

92：名無しの冒険者 ID：rhdfb2j71
義賊の真似事をして大勢に迷惑かけて、本物に捕まってお縄って
まさに時代劇だなぁ

93：名無しの冒険者 ID：Kjy12or5g
つか、仇って言葉が出てきてるんだけど何があったのさ〉〉91さんは

94：名無しの冒険者 ID：Hrteg25re
馬鹿を止めてくれた本物さんに感謝だな
どうやって止めたのかが気になるところだ

95：名無しの冒険者 ID：ld3jUrFwv
聞きたいか？
細かいところまで話すときりがないから大雑把に言うが、
こちらの世界の住人である友の一人が、知られたくない過去を
偽義賊によって世間に暴露された事が原因で自殺してしまった
それだけじゃなく、その事に絶望したそいつの恋人が壊れてしまい、
通り魔を犯して罪のない人を殺してしまって処刑された
俺が知った時には、全てが終わった後だった……
この怒りを、どこにぶつければいいんだよ

96：名無しの冒険者 ID：f2wdW23TZ
何、それ……

97：名無しの冒険者 ID：RGaw23rFj
　ひでえ……

98：名無しの冒険者 ID：SDfsad3Er
　もしかしてそれ、北街の占い師さんが殺された一件の事じゃ……

99：名無しの冒険者 ID：HRsg25Grt
　あの人が死んだのも偽義賊がきっかけっつー事かよ!?
　魔剣について色々教えてもらったから感謝してたのに

100：名無しの冒険者 ID：EF2fge82v
　その時々でどこにスキルレベル上げに行けばいいかアドバイスをくれる、
　凄く良い人だったのに！

101：名無しの冒険者 ID：efwae21er
　北街の占い師さん、殺されたの!?
　今龍の国にいるから確認できないんだけど

102：名無しの冒険者 ID：Id3jUrFwv
　残念だが、本当だ……
　街の人達も自警団の人達も、残念そうな表情で認めてたからな……

103：名無しの冒険者 ID：Fgsg3U1re
　マジ、なのかよ
　あの人、話も上手くて凄く信頼してたのに！

104：名無しの冒険者 ID：fg23fg5gE
　知ってる人いっぱいいるんやね、あの占い師さん
「ワンモア」じゃなかったら一定時間で復活するところだけど……
　もう二度と会えないんだ……

105：名無しの冒険者 ID：E2RGSAga6
おい、見てるか偽義賊
お前らのせいでこういう悲惨な事件が起きてるぞ。何か反論あるか

106：名無しの冒険者 ID：h2tiT52te
そうだね、ぜひひと言聞きたいね。今の話を聞いてどう思ったのか

107：名無しの冒険者 ID：RGrwag2er
いや、もういないんじゃねーの？　ずっと反応がないし。逃げたと思われ

108：名無しの冒険者 ID：dsavas63e
噛みついてた奴のＩＤが全然出てこなくなったね。逃げたに一票

109：名無しの冒険者 ID：Fsdf2rW56
どうしようもねえな……
>>91 さんの怒りのぶつけ所にすらなれないってもうね

110：名無しの冒険者 ID：Gef52We1c
まあ、もう捕まったんだろ？
相応の重い罰が下される事に期待しようぜ
最悪、キャラロストなんだろ？　こういう悪事を働いて公的機関に捕まると

111：名無しの冒険者 ID：RGwag23eW
すでに数回実例があるらしいからな、処刑によるアバターの完全消滅
あいつらもそれぐらいされなきゃダメだ

112：名無しの冒険者 ID：EGFewg2gE
やった内容が内容だからね
ロストまではいかなくても、軽い罰でお終いとはならんだろ
もしそんな事になったら、住民が納得しねえよ

113：名無しの冒険者 ID：GRasg23Ge
ＰＫがない代わりにこういった部分は厳しいからな、「ワンモア」は
十中八九、処刑によるロストだろーね

114：名無しの冒険者 ID：GRg2sdfge
言っておくけど、『本物』の義賊はあんな宣伝とかしないからね
以前助けられた事がある身としては、
今回の一件があったからって義賊の人達を悪く言わないでほしい

115：名無しの冒険者 ID：Grasgf32j
ああ、そこは同意
他にも怪盗とか忍者とかいるらしいんだけど……
あの人達はめったに人前に姿を現さないよな
自分の事を義賊とか怪盗とか軽々しく言わないし

116：名無しの冒険者 ID：itif2hgrC
必要になった時のみ言うって感じ
俺も一回だけ出会ったけど、助けてくれた後は報酬とか要求せずに
スッと消えてくし……
ああいう姿を見てると、今回の連中は偽物としか思えなかったな

117：名無しの冒険者 ID：jtestj2Ot
ああいうのが格好いいんだよな
今回の連中は本当にひどかったわ……何にも分かっちゃいない

118：名無しの冒険者 ID：efase52fe
ビラ配って自分自身を褒めたたえるって時点で、
どうしようもなくかっこ悪かったもんな

6

「えーっと、これはこっちでアレはこの場所に移動……あとは消臭剤で臭いを消して……あー、ここ薬品がこぼれてたんだな。汚れがなかなか落ちないぞ……」

偽義賊の捕り物が終わった翌日。獣人連合を後にするべく、自分は借りていた宿の部屋の中をお掃除している。何せ薬品の調合をここでやっていたものだから、薬品が少々こぼれた跡が残っていたり、ちょっとした臭いが染み付いていたりする。このままにして去るのはちょっとまずい。

「忘れていたアイテムだったけど、そのおかげで残っていて良かったよ」

そんな状況だったのだが、意外な物が助けてくれた。掃除を始める前にアイテムボックス内の整理整頓を行ったところ、底の方に入れたまま忘れていた、あるアイテムが出てきたのだ。

それは【復活玉】。以前、大勢のオーガ達が人族の街に攻め込んできた事件の際に活躍した事への報酬だった。

その効果は武具の修繕だと考えていたのだが、それだけに限らないという事を今知った。物は試しで薬品の匂いが移ってしまった椅子に使ってみたところ、臭いが消えるだけでなく、椅子自体が新品と言っていいぐらいに修繕されたのである。

（でも、おそらく、壊れた今の【ドラゴンスケイルライトアーマー】には効果がないんだろうな）

汚れがひどかった机にも【復活玉】を使いながら、そう考える。

このように物の状態を回復してくれる【復活玉】だが、きっと耐久力が僅かでも残っている物だけに有効なのだと思われる。そして【ドラゴンスケイルライトアーマー】は確かにまだ形を保ってはいるが、根幹部分は砕けていると見ている。そうでないのであれば、魔王領で鎧の状態を見たサキュバスクィーンさんも、手の施しようがないとは言わなかったはず。

そんな状態にあるのに【復活玉】を使ったら、一瞬で灰になって崩れ去ってしまうような気がする。アンデッドモンスターに回復魔法を使う感じ、と言えばいいだろうか？

なんにせよ、【復活玉】のおかげで何の心配もなくこの宿屋を後にできる。周囲の目があるところで変装用の偽顔を作るわけにはいかないから、今回はやむを得なかったけど、やっぱり薬品の調合はできるだけ専用の場所でやるべきだ。

（【円花】の記憶をたどる旅も、残りは魔王領とエルフ&ダークエルフの領域だけか。もう少しで終わるけど、手間取りたくないな）

部屋の掃除も終わり、アクアを頭の上に乗せながらひと休み。

手間取りたくないと考えたのにはもちろん理由がある。長く沈黙していた運営がついに動いたのだ、アップデートの事前発表という形で。

新しいスキルや、既存のスキルの新しい進化の追加なども発表されたが、一番大きかったのは新しい冒険の世界の発表だ。

それは、「ワンモア」世界には広大な地底世界が存在しているという内容。当然、新しい敵や地底に住んでいる新しい種族との出会いが待っている。

現時点では発表があっただけで、実装はまだまだ先になるそうだが、すでに掲示板はお祭り騒ぎ。地底世界で行動するにあたり必要そうな物の価格も高騰し始めている。防寒具や明かり関連の道具なんてのが分かりやすい例で、特に動きが激しい。

常に魔法による光が使えるかどうかは分からないという予想も立っており、二種三種の明かりを用意すべきだとされている。スキル封じ空間が用意されている可能性もあるのだから、自分も暗視能力だけに頼らず、別途明かりを得る手段を何かしら用意しておかなきゃな。

そういった準備をするためにも、【円花】の世界を早く全て巡ってしまいたい、というわけだ。

中途半端にしたまま地底世界に乗り込めば、色々ともやもやする事になるのは間違いない。

それに……少し前にフェイクミラー・ビーストと戦ったときに変化した【円花】の事を、もっと深く知っておく必要もある。更に、あのとき発現した専用奥義《霜点》《無名》もいい加減試しておくべきなんだよな。

ただ、説明を見ても奥義としか書かれていないし、下手に発動してえらい事になったら困る。発動したらいろんなペナルティが科されるサクリファイス系だったら、ダンジョンとかで試すわけにはいかないし、派手な演出があるなら人前でやるのはちょっとな。

この奥義についても、もしかしたら残りの【円花】の世界を巡る事で理解できるかもしれないと期待をしている。奥義を使う人がいれば、大まかな事を知れるからね。

何も知らないで試すのと、大まかでも知ってから試すのとでは大きな違いがある。特に、どこで試せばいいか事前に選定できると大きい。臆病者と言われるかもしれないが、何も知らずに使って周囲の人を巻き込んで殺してしまいました、なんて事になったら取り返しがつかないんよ。そんな事態を回避できるのなら、臆病者と罵られるほうがよほどいい。

「よーし、これで奇麗になったかな。立つ鳥跡を濁さずの精神でいかないと、宿屋の人に迷惑をかけちゃうからねえ。こういった部分を疎かにすると、プレイヤーはろくでなしだなんて噂が立ってもおかしくないし……な」

最終チェックをして、部屋が奇麗になった事を確認してホッとひと息吐く。変な臭いもしないし、薬品による影響もない。よし、これでやっと宿屋を後にできる。

部屋の鍵を宿屋の主に返し、外に出て、ベンチに座ってからツヴァイにウィスパーチャットで連絡を入れた。

すぐに応じてくれたツヴァイと雑談を交わしつつ、獣人連合での用事は済んだので立ち去る事を教えておく。ツヴァイ達はもう少しこの街でやる事があるようで、また機会があったら一緒に行動しようと話して、会話は終了。

「アクア、魔王領に近い街まで一気に行きたいから、力を借りるよ」

「ぴゅいぴゅい」

獣人連合北街を出て、人目がなくなったところで大きくなったアクアの背中に乗る。いつ時間を取られる事態が発生するか分からないから、短縮できるところは短縮する。そうでないと、いざ地底世界へ行けるようになったとき、余裕を持って出発できないかもしれない。

ファンタジーで地底世界と言えば、お約束のあの種族がいる可能性が高いから、このアップデートだけは絶対に第一陣で乗り込みたい。

そう、そのお約束の種族というのは、ドワーフだ。鍛冶に優れている事が多いドワーフなら、壊れてしまった【ドラゴンスケイルライトアーマー一式】を元のように直せる手段を持っている可能性がある。だから絶対に知り合いたい。そのためにも、地底世界への旅立ちにだけは遅れるわけにいかないのである。

アクアとの空の旅を堪能して、一気に獣人連合から人族エリアの街、フォルカウスの近くまでやってきた。こういうとき、空を飛んで移動できるってのは強烈な時間短縮能力だと痛感するね。

自分の他にも、大きくなった契約妖精に乗れる人がそれなりにいるみたいだけど、空を飛んで移動できる妖精に限れば一気にレアな存在になる。それに空を飛べると言ってもスピードも持続時間もまちまちみたいだから、アクア並の移動能力を持つとなると更にレアだ。ずるいと言われても仕方がないが、使えるものは使わせてもらうの精神で開き直る事にしよう。

アクアには再びちびモードになってもらい、頭の上に乗せて一緒に街に入る。

街からは、活気に溢れた明るい印象を受けた。この分なら、自分が〈義賊頭〉として働かなければいけないような陰湿な事件は起きていないだろう……とは思うが、一応念を入れて手下の義賊小人に情報を集めさせておこうか。

今日はこの街でログアウトして、魔王領に入るのは明日だ。獣人連合の宿屋で掃除に時間を食われた事が原因で、これから魔王領に入るとなると普段のログイン時間を大幅にオーバーしかねない。明日も仕事がある以上、夜更かしは避けたいところだ。

何せ職場では大きな機械も用いているから、寝不足による集中力低下で操作ミスを起こし、事故にでもなってしまったら取り返しがつかない。被害者が自分一人ならまだいいが、若い連中を巻き込んでしまったら悔やみきれない。

街の宿屋はそう混んでおらず、あっさりと確保できた。個室に入り、手下達にこの街の情報を集めるよう指示を飛ばしておく。明日のログイン時には情報が集まるだろうから、それで大きな問題がないようなら魔王領入りという事でいいだろう。

魔王領に入ったら、まずは以前自分が腕を振るったあの料理店に寄るか……潰れていないとは思うが、一度様子ぐらいは見に行かないと。

それが済んだら、魔王様にお願いして過去の記録を見せてもらい、【円花】の世界へ、だな。

◆　◆　◆

翌日ログインしてみたら、世界は一面銀世界……なんて生易しいものではない、とんでもない量の雪が降り積もっていた。加えて、現在進行形でも雪が激しく降っている。吹雪いてはいないのだが、この悪天候を無視して魔王領に向かうのは、自殺行為と言わざるを得ないだろう。

「無理は、すべきじゃないよな」

「ぴゅい」

自分の呟きに、アクアも同意の鳴き声を上げる。

それにしてもすさまじい降り具合だ。北海道で大雪が降ったときのニュースが思い出される勢いで、降り続けている。

宿屋の小さな窓から外を眺めてみれば、道路に積もった雪を掻き分けている人や、屋根に上って雪下ろしをしている人などが見受けられた。この雪の量だ、何もしないと家が押しつぶされてしまう可能性も十二分にあるだろう。

ひとまず、アクアを頭に乗せて部屋を出て、宿屋の食堂へと降りてきた。そこでは多くの人が食事をしながら暖をとっていた。外は相当寒いはずだ……自分は魔王様から貰ったマントのおかげで暑さ寒さをほぼ無効化できるから平気だが、他の人はそうはいかない。

給仕さんにポトフを注文し、それを待つ間、周囲の人達の話に耳を傾けてみた。

「それにしてもなんなんだよ、この雪の量は。何十年ぶりの記録的な大雪だな……」

「ホント、子供のとき以来だぜ。何かあったのかね？　雪下ろしが大変だ……特に老人しかいない家は死活問題だぜ」

「手伝いたいのはやまやまだが、正直こっちも手一杯だしな。やっとひと息つけたってところだ」

「魔王領のほうでも大雪らしいぜ？　魔王様が直々に、雪が収まるまで外に出ないように注意喚起したそうだ」

「ああ、あっちもそうなのか。何だってんだよこのドカ雪をはるかに超える憎たらしいバカ雪はよ」

「外で仕事した後にはあったかい物を食わねえと、本当に凍死しちまうぜ。飯を食ったら、また雪下ろしに走り回らなきゃならねえよ」

ふうむ、やっぱり影響が大きいか。そして魔王領でも同じく大量の雪が降っている、と……義賊の手下からの報告もまだ届かないし、やはり今日はフォルカウスの街から動けないな。滞在を延ばすべきだろう。

あと、もう一つ気になったのは、老人しかいない家の雪下ろしだ。雪下ろし作業中に屋根から落ちたってニュースは、リアルでも時たま聞く。

「アクア、ポトフを食ったらこの街の雪下ろしを手伝おう。特に老人しかいない家を中心に」

「ぴゅ」

嫌なニュースはリアルだけでお腹いっぱいだ。こっちの世界まで嫌なニュースで溢れてほしくはない。だったら、そうならないように微力でも貢献しないと。

やがて注文したポトフが到着し、アクアが食べやすいように小皿に取り分けてあげ、完食。

さて、と。

「すみません、お食事中のところ失礼します」

「うん、どうした？　何か俺達に用事があるのかい？」

先程雪下ろしに関する話をしていた一団に話しかける。雪下ろしが進まなくて困っている所を教えてもらったほうが、スムーズにいくだろう。

「自分もこれから街の雪下ろしを手伝おうと思うのですが、雪下ろしが進んでいない区画があれば、教えていただきたいのです。よろしいでしょうか？」

彼らは「そういう事ならありがたい、地図はあるか？」と言って、色々な情報をくれた。老人しか住んでいない家の情報については特に頼んだので、事細かく記載してくれた。

「俺はロレンツという者だ。訪ねた先で誰から聞いたんだと言われたら、俺の名前を出してくれ。正直、今回の雪は大量なのもさる事ながら唐突で準備ができてなくて、雪下ろしをやってもやっても追いつかねえんだ。手を貸してくれるって言ってくれるのは非常にありがたい……頼らせてもらうよ」

疲れた表情が隠し切れない、雪下ろしのリーダーを務めているというロレンツさんの言葉に頷く。

確かに昨日ログアウトしたときは、こんな馬鹿みたいな雪は降っていなかった。それが今日になったらこれだ……急な悪天候で苦労させられるのは、リアルでもこっちの世界でも変わらないねえ。

「早速向かいます。また後で」

「おう、ところで道具は大丈夫なのか？　持ってないなら無料で貸し出すが」

ロレンツさんがそう提案してくるが、必要ないですと断った。【円花】をスネークソードモードにして、積もった雪を切り分けて結合を脆くしてから押し出せば、それでいいだろうからだ。

とにかく、サクサクこなさないと終わりが見えない数の家だ。さっさと行動を開始しよう。


「雪下ろしをやってくださるのか。ご苦労をかけて申し訳ありませぬが、よろしくお願いしますのじゃ」

一軒目の家は、おばあさんと小さなお孫さんしかいないらしく、雪下ろしができずに困っていたそうだ。早速、伸ばした【円花】を引っ掛けて屋根に上がる。

頂上に立って積もった高さを確認した後、雪を細切れにしながら吹き飛ばすような感じで、屋根の下側から徐々に落としていく。一気に落とすと、下に人がいた場合に押しつぶしてしまう危険性があるからな……そんな二次災害を引き起こすわけにはいかない。一応アクアに見張ってもらっているが、重々念を入れておく。

やり方は自己流だが、仕事は早い。五分もかからずに屋根の上にあった雪を奇麗に排除できた。すぐに新しい雪が降り積もり始めるが、ひとまずこの家が潰される心配はなくなった。

下に降りて、終わりましたので失礼しますと挨拶をすると、もう終わらせたのですかとおばあさんに驚かれた。屋根の上を見てもらったら、あんれまぁ、なんて漏らしていたけど……とにかく終わったのは理解してもらえて、少ないけれどお礼だと数百グローを頂いた。

この調子でサクサクいこう。


——そしてひたすら雪下ろしを続けた。消費したのはＭＰポーションを数本ぐらいだ。そのＭＰポーションも、各家から頂いたお金で買い足せている。【円花】を扱う訓練にもなったし、自分にとっても悪くなかったな。

えーっと、残りはあと一軒か。そこが終われば宿屋に戻って、またロレンツさんが来ていれば彼に報告を、いなければ宿屋の人に伝言を頼むか。

そんな気楽な心持ちで向かった先の家は、嫌な音を立てていた。

「離れろ！　この軋み具合からすると、そう遠くないうちに潰れるぞ！」

「家の中には誰もいないな!?」

「爺(じい)さん、家は諦めろ！　他の家だってこのドカ雪のせいで潰れたりしてんだ！」

あ、こりゃやばい！ってのがよく分かった自分は、急いで《大跳躍》と【円花】を駆使して軋みを上げている家の上方まで飛び上がる。

そこから〈風魔術〉の《フライ》で滞空して【円花】を使って雪を切り刻み、次々と屋根の上から叩き落とす。そうして《フライ》が切れたら屋根の上に乗って、更に雪を下ろしていく。

しばらくすると、嫌な音は全く聞こえなくなった。ひとまず窮地を脱したと思われたので、そこからはこれまでやってきた方法で全ての雪を下ろした。

（でも、さっきの軋み具合から察するに、この家は限界が近いか。住人は今のうちに避難するしかないだろうな、貴重品を持ち出す時間くらいは稼げたはずだから、この雪下ろしも無意味ではないけれども）

そんな事を考えつつ地面に降りると同時に、奇妙なものを見るような視線を一斉に向けられた。

「あんた、いったいどうやったんだい？　あれだけうるさかった軋みが止んだって事は、終わったのか。だけど早すぎる。どんな手を使えば、そんなに早く雪下ろしができるんだ？」

そんな質問が飛んできたので、【円花】を振るって実演。雪を切り、削っていく動きを周囲の人にお披露目した。

はーっ、とため息を漏らさんばかりの表情を浮かべる人々。まあ、雪下ろしに魔剣を使う馬鹿は自分以外にいない……あれ、なんかツヴァイが火の魔剣を振るっている姿が頭に浮かんだ。あれなら一気にやれそうだなぁ。まあいい、そんな想像は頭の隅に追いやっておこう。

「というわけで、この剣を使って処理しただけです。それと、今現在は対処できましたが……残念ながら一時凌ぎに過ぎないでしょう。貴重品を持ち出して、この家から避難したほうが無難かと思われます」

そう言っておく。あの軋みは、多分どっかがやられたせいだと思う。もしもう一回先程と同じ量の雪が積もったら、あっという間に倒壊する可能性が高いと見た。

「爺さん、この人の言う通りだ。今回の雪はいつ止むか分からねえ。修繕するにしたって、雪が止まなきゃ応急処置もできねえよ」

周囲の人も自分の言葉に乗っかる。それを聞いたご老人も「そうじゃな、この家には思い入れもあるが、だからこそこの家に人殺しなんぞさせるべきではないか」とひと言漏らすと共に行動を開始した。

自分はここで失礼した。変に長居して、どさくさに紛れて盗みを働こうとしていると勘繰られても面白くない。とにかく、これで今回の仕事は終わり。もう帰るか。

そうして宿屋まで戻ってきたが、ロレンツさんはいなかった。なので宿屋の人に「ロレンツさんに伝言を残したいんですが、いいですか？」と言ってチップも渡したら、快く請け負ってくれた。

今日はこれでログアウトだ。明日は晴れてくれると助かるのだが――

7

今日は晴れてくれると助かるのだが——と思っていた。だが、この街の天候は遠慮というものを忘れてしまったのだろうか？　いや、天候に遠慮を求めるのも我ながらどうかとは思うが……

次の日も、また次の日も、雪は止むどころか降り続いた。そのため、フォルカウスのあちこちで古い建物が倒壊する事件が勃発。昨日自分が最後に雪下ろしを行ったご老人の家も、倒壊していた。必要な物を全て運び終えた後だったので、住人のご老人が最悪の被害にあう事は防げたが……残念な事に、他にいくつもの命が雪の重さの下敷きになって失われてしまったのもまた事実だ。

臨時発行された新聞には、この雪によってあちこちで被害が出ている事や、住む場所を奪われた人が宿屋にやってくるためにどこも満員に近くなっている事などが書かれている。

なお、宿屋は万が一にも潰れたりしないよう、人を雇って頻繁に雪下ろしを行っている。自分も数回手伝っているが……下ろしても下ろしてもすぐに積もっていくこの雪の前ではきりがない。それでもやらないと危険なので、ローテーションを組んで昼夜問わずの作業となっている。

また、義賊小人達に指示してあった、悪党の存在の有無(うむ)をはじめとする調査の報告書が上がってきた。幸いおかしな動きをしている連中はいないとの事だが……義賊小人の能力はこちらの世界の住人が相手じゃないと正確性が落ちるという難点がある。

まあ、そこまで求めるのは少々無茶な話。とりあえず今は、探れる範囲ではおかしな連中はいないという事で良しとしておく。

おかしな連中がいないうちに、やりたい事をやっておきたいが、この雪ではな。

無理やり何とかする方法も、ないわけではない……が、それは歴代魔王が持つ必殺技である《デモンズ・ジャッジ》を空に向かってぶっぱなし、雲そのものを強制的に吹き飛ばすという方法だ。

もし実行するとなると、多くの人にその派手な光景を見せる事になってしまう。撃つときは人里から離れるとしても、この雪の中で街から出ていく人は全て暖かい南に行くわけで……それ以外の方向に出かけたら一発で怪しまれるし、南に歩けば人目につく。ちょっと難しいな。

更に、本来《デモンズ・ジャッジ》は魔王様しか使えない技。その魔王様は魔王城にいるのに、全く別の所から《デモンズ・ジャッジ》の光が見えたら、アレは何事なのですか⁉と魔族の人達の間に混乱を招きかねない。このままでは雪で全滅する、というどうしようもない段階を迎えるまで、そんな迷惑行為はしたくない。

「本当に、この雪はどうしたものかねえ」

(正直、マスターと同じで私も退屈してきました。かといって派手に目立つ行為は、また別の面倒事を呼び込むだけですし)

「ぴゅいぴゅい」

自分、ルエット、アクアが雁首を揃えて、どうしたものかと相談し合う。

（マスターとアクアさんの能力なら、魔王領へ強行突破はできるでしょうけど……やはり必要以上に目立つでしょうね。それをきっかけに色々な物資の運搬を押し付けられたりしたら、たまったものではありませんし）

ルエットの言葉に、自分とアクアは頷く。

そうなると好きなときに旅立てなくなるし、無言で消えたらその後が怖い。だから、強行策は用いない。一番良いのは、雪が止んでくれる事なのだが——そんな事は知った事かとばかりに雪は降り続く……どころか吹雪いてきやがった。なんだか天候に笑われた気がする。

「この雪じゃ、更に被害が広がりそうだな。雪にはしっかりと備えているはずの魔王領内ですら、倒壊する家が出てきてしまったという話だしな」

さっきまで読んでいた新聞に、そんな事が書いてあった。現地に行けないのに、記事を書いた人はどうしてそれを知っているのかって話だが……まあ、どうにかして知ったんだろう。

「ワンモア」のスキルは、すでにＷｉｋｉへの掲載が追いつかないくらいの数があるとされている。使えるスキルについては頻繁に更新されるが、使い道がよく分からないスキルやマイナーなスキルは放置されていて、もう幾つあるのかすらユーザーには知りようがない。開発者のデータベースでも見ない限り、全てを把握する事は不可能なのではないだろうか。

（結局、この雪が収まるまで我慢するしかないという事になりますか。退屈な日々はもう少し続きそうですねえ……）

そう言うと、ルエットはまた静かになった。おそらく退屈過ぎて寝ちゃったんだろう。無理もない、外に出ても雪下ろしぐらいしかできないし、それ以外は宿屋の中のみでしか動いていない。この雪で視界も悪く、矢の攻撃にも妨害が入るために狩りもできない。《百里眼》があってこれなのだから、ない人はもっと困っているはずだ。雪のカーテンを数メートルぐらい先に張られているように思えるだろうな。

ここにいても暇だから、アクアを頭に乗せたいつものスタイルで一階に行き、他の人達と軽い雑談でもするかねぇ……

この日も、このまま時間が流れて、そのうち宿屋の主人から雪下ろしを手伝ってほしいと声がかかるだけだと思っていた。

が、宿屋の前にでかいソリ型馬車が止まった時点で、状況が変わった。

入ってくるなり、部屋の中をきょろきょろと見回す魔族の男性。やがて自分に視線をロックオンしたのを感じた。変に逃げ隠れしても無意味だと分かったので、素直に近づいていく。

何事だろ？　悪事は……まあ義賊の範囲内でいくつか家宅侵入などをやっているから、後ろ暗いところが全くないとは言えないので、ちょっと心配だ。

「お休みのところ失礼します、魔王軍所属のゲルヒルドと申します。上からの指示でお迎えに参りました。少々アース殿にお付き合い願いたい事があり、どうかご同行いただけませんでしょうか？」

あ、これはほぼ強制的に同行させられるパターンだ。ま、いいか。このままここにいても事態は動きそうにない。だったらついて行くのも一つの方法だろう。

「了解しました、案内をお願いします」

周囲の視線がちょっと痛いが、できる限りスルーして、宿屋の外に出てソリ型馬車に乗り込む。ゲルヒルドさんは馬車の客室のドアを閉めた後、外で何か指示を飛ばしていた。その後ゲルヒルドさんが御者席に座ると同時に、馬車は動き出す。

客室の中にいるのは自分一人。少なくとも、犯罪者を捕まえて運んでいくという雰囲気ではないな。なら慌てる必要はない。行き先がどこであろうと、今は身を任せる事にしよう。

それに、お偉いさんの前に連れていかれるのであれば、このマントの本当の姿に気がつくはず。そうなれば手荒い真似はされまい。

とまあ、どっかりと馬車に腰を据えて運ばれていったわけなのですが。

行き先は、フォルカウスの役場でありました。馬車から降りて、案内されるままに役場の一室に入ると、そこには魔王軍四天王の一人である死神さんが待っていた。お名前は何だっけ、忘れちゃったぞ……

「お久しぶり。急で悪いけど、貴方の力を借りたい。これは魔王様から直接指示が来てるから、できるだけ応えてもらえるとありがたい。ここにいなければ、貴方を捜しに世界中の国々に多くの兵を派遣しなければならなかったところだから、すぐ見つけられたのはホッとしてる」

と、死神さんからそんな言葉が。魔王様直々の指示か。これは無視できないでしょう。

「分かりました、魔王様が直々に指示を出されたという事は、かなりの緊急事態ですね。すぐさま向かいましょう」

そう答えると、死神さんは「感謝。じゃあ早速移動を開始するよ。時間が惜しい」と簡潔なひと言と共に自分の手を掴んで引っ張る。

この構図は、ラブコメとかなら甘酸っぱい展開が待っているのだろうが、この世界においてはその可能性はゼロだ。あ、いや、ツヴァイとかならそういう展開を迎えてもおかしくないか。

だが、自分じゃそんな展開はないな。事実、この後は再び馬車に乗り込んで、魔王領に向かって揺られただけだ。死神さんとは別の馬車だったから、何かしらのイベントが始まる事もなし。もっとも、向かう先では何かしらあるのは間違いないわけだが。さて、何を頼まれるのやら。

フォルカウスから魔王城まで、馬車は一気に走り切った。途中でモンスターにも出逢ったが、モンスター側もこの大雪のせいで足元の踏ん張りが利かない様子で、こっちが逃げても追ってくる事はなかった。万が一馬車を破壊されていたら辛（つら）いものがあったし、面倒な事にならなくて済んだのは助かった。

魔王城ではすでに受け入れ準備が万端だったらしく、あれよあれよという間に魔王様の執務室前まで通された。ここまで一緒に来た死神さんと一緒に、部屋の中へ。

「魔王様、アース様をお連れ致しました」

死神さんの言葉に、中にいた魔王様はこちらに視線を向け、死神さんに「下がってよし」とひと言。その後自分には、魔王様の前にある椅子に座ってほしいと言ってきたので、素直に従って着席。そうして死神さんが部屋を出て行ってしばらくしてから、魔王様が口を開く。

「此度は急に魔王城にまで連れてきてしまい、申し訳ありません。ですが、人族の街と魔王領のためにぜひお力を貸していただきたく……今回の大雪についてです」

魔王様からの説明によると、過去にも数十年から数百年に一回ぐらいの割合で、今回のような馬鹿みたいな大雪が降る事はあったんだそうだ。が、今回はその雪を降らせている雲が全く動かなくなってしまって、各街に多大な被害を生み出しているのだとか。

魔王様の配下からの報告によると、このまま放置すれば「ワンモア」世界の時間にして三週間は降り続ける可能性が高い、という観測結果が出たそうである。

「この雪があと三週間も降り続けばどれだけの被害が出てしまうのか、考えたくもないレベルであるという事はご理解いただけると思います。なので、今回は問題の根本である雲を魔法にて吹き飛ばす事に決定したのですが……並の魔法では雲を揺らすのが精一杯。私の魔法でも、吹き飛ばす事は残念ながら……標的との距離があり過ぎるせいで、魔法の力が減退してしまうようなのです。ですが、そこで私と側近は思い出しました。アース様の《デモンズ・ジャッジ》は距離など関係なく、空高く浮かぶ雲すら貫いていった事を」

——人が考える事に大差はない、か。

「お話は分かりました。実は、自分もそれをやろうかどうか考えていました。ですが、《デモンズ・ジャッジ》は歴代の魔王様のみが扱える奥義。それを、限定的とはいえ人族である自分が使えるという事を大勢の人に知られてしまうと、魔王様に多大なご迷惑をおかけしてしまう可能性を鑑み、実行せずにおりました」

だが、魔王様当人からの要請を受けたのであれば、躊躇(ちゅうちょ)する事はない。

それに、魔王様が自分に頼んでくるのも仕方がない。《デモンズ・ジャッジ》は、歴代の魔王様一人ひとりに違うものが発現すると聞いている。そして今代の魔王様である彼女が使う《デモンズ・ジャッジ》は、近距離戦闘用の魔法なのだ。そうでなければ、もちろん自分でなさっていた事だろう。

「お願いできますか？　もちろん、それなりの褒賞をお支払いしますので」

魔王様はそんな事を言うが、今回の雪によって、魔王領とフォルカウスに住まう大勢の人に多大な被害が出ている。そんな事態に乗っかって自分が得をするような真似はしたくないな。

「では、今回被害に遭われた人々への支援をお願いできますか？　そしてもしよければ、私には魔王領に伝わる魔剣の物語や歴史が記された本を読む権利を頂きたい」

この申し出に魔王様は「そんな事でいいのであれば、すぐにでも」と許可を下さった。ま、自分に言われなくたって、魔王様は復興の支援はしただろうけどね。

今の自分は、【円花】に関する情報が貰えればそれで満足だ。お金は、今までに稼いだ分で十分にある。それで足りなくなったら狩りをすればいいだけだ。今は、自分の懐を暖かくするよりも大勢の人のためにお金を使ってもらったほうがいい。そのほうが自己満足もできる。

「では、これから各街への通達もありますので……とりかかっていただくのは、日が落ちてからでもよろしいでしょうか？」

そう魔王様に言われて時計を確認すると、あと二〇分弱で「ワンモア」世界の太陽が沈む時間だ。これなら、普段ログアウトする時間を少々オーバーするぐらいで済みそうだ。

「分かりました、ではそれまでは休憩しておきます。準備ができましたらお呼びいただければ、すぐにとりかかりますので」

自分の変身は、黄龍は一週間、魔王は数日のクールタイムが必要だが、今は問題ない。最近ずーっと使ってないからな……レベル上げを考えればもっと使わなきゃだけど、今回のような事が唐突にあるから、使いにくいんだよね。そしてそんな考えでいたからこそ、今回の一件にもすぐに対処できるわけであり……

「それでは、部下に部屋まで案内させますので、お時間までゆっくりと寛いでいてくださいね」

魔王様の指示で、一人のリビングメイドさんが客室に案内してくれた。リビングメイドさんも久々に見るとちょっとだけ怖い。見た目は、メイド服が空中に浮いてひとりでに動いているみたいだからなぁ。少し経てば、ああ、こういう特性の方々だった、って頭も心も理解が追い付いてくるんだけど。

「何か必要な物はおありでしょうか？」

紅茶やお茶菓子を用意しながら話しかけてくるリビングメイドさん。そうだなぁ、今はこれと言って他に頼みたい物はないかな？　それに日が落ちるまでそう時間はかからない事だし、紅茶とお茶菓子を楽しんでいるうちにすぐ出番が来るだろう。

「いや、この紅茶とお茶菓子で十分ですよ。ここで連絡が入るのをのんびりと待つだけですので」

そう自分が言うと「かしこまりました」と後ろに控えるメイドさん。さて、せっかく淹れてもらった紅茶を冷めないうちに頂かないと。

——紅茶の良し悪しなんか分からないけれど、これは美味しい。程よい渋みと甘みを感じさせるので、とても飲みやすい。お茶菓子も甘さがとても控えめなので、紅茶の味の邪魔にならない。紅茶を飲み、お茶菓子で口の中をひと息つかせて、また紅茶を飲む。紅茶がなくなると、すぐにメイドさんがお代わりをくれる。その動作を、こちらが一切邪魔に感じないようにやるんだから、大したものだ。こういう立ち居振る舞いも、メイドのたしなみというやつなのだろう。

「アース様、よろしいでしょうか？　こちらの準備が整いましたので……」

と、そんなアホな事を考えているうちに呼び出しがかかった。

では行きますか……ここでしくじったら、格好がつかないだけでは済まず、多くの人が苦しむ事になる。なので、左手の指輪に触れてルエットに話しかける。

（ルエット、仕事だ。行けるか？）

自分の語りかけに、ルエットから帰ってきた言葉は――

（もちろん大丈夫ですよ、マスター。退屈で溜まった鬱憤も晴らすべく、派手に行きましょう。魔王様からもお許しが出ているのですから、遠慮はいりませんよね？）

そうだな、遠慮する必要はどこにもない。むしろ今回は全力でいかないといけない。撃つ位置はこの魔王城からという事で、魔族の皆さんは今代の魔王様がやった事だって勝手に理解してくれるだろうから、そっちの面でも問題ない。今代の魔王様の《デモンズ・ジャッジ》がどういう性能なのかを知っている人なんてごく一部だから、その人達が意図的に広めなきゃ分かりゃしない。

（ああ、今回は以前の暴走魔力に対してと同じく、フルチャージの一撃を撃つ必要がある。が、あのときとは違って襲いかかってくる敵はいないから、危険はない。ふざけた事さえしなければ、失敗はしない）

ルエットにそう囁いた自分は、先導に従って舞台へと向かう。

では、厄介な雪雲さんにご退場願うべく……いっちょ頑張りますか。

8

案内された場所には、魔王様と四天王の皆さんが勢揃いしていた。ここはテラスのような場所……よくファンタジー作品で、側近と王子王女を横に置いた王様が、国民や兵士に己の意思を伝えて士気を上げたり、お祭りの開始を告げたりするような感じの場所だ。もっとも今は、雪がひっきりなしに降り注ぐ現状をじっくりと見せつけられる場所でしかないが。

「お待ちしておりました、魔王領内の全ての街に外出禁止の通達がいっておりますので、アース様の正体がバレる心配はありません。目的の雪雲は、ここから見て十時方向にある、大きな塊（かたまり）です。お分かりでしょうか？」

ああ、あれか。

——何というか色々とおかしいよね。あんなどデカい積乱雲のようなやつは、夏の風物詩ではないのか？　あのサイズの積乱雲モドキがせっせと雪を作って降らせ続けたら、そりゃそう簡単には止（や）まないわ。

「事を起こす前にこれだけお聞きしたいのですが、あれは偶然に起こった自然現象という理解でよろしいんですよね？　何らかの魔力の暴走などではないのですよね？」

一応、最終確認。魔王様達が何も言ってきていなかったので多分そうだとは思うけれど、念を入れておく。

「はい、今回の一件に人為的な形跡はありません。あの大きな雲は、完全に自然現象です——自然も、時には狂った動きをするという事ですね」

魔王様の言葉にほっとする。そうか、こっちの世界でも異常気象ってものがあるんだねえ。まあなんにせよ、これで何の憂いもなくあのでっかい積乱雲モドキを吹き飛ばせる。

「では、始めます。一つだけ、私の前と後ろには立たないでください。何らかの形で巻き込んでしまう可能性がありますので」

と、念のため魔王様と四天王の皆さんに伝える。前がダメなのは言うまでもなく矢を放つからだが、後ろも魔力を溜め込んだりするので、何かあってもおかしくない。

早速〈偶像の魔王〉を使用。変身が終われば、黒い甲冑に身を包んだ自分が現れる。この姿になるのも久々だな。背中にある四枚の羽根も調子良さそうだ。これなら何の問題もなく、自分の《デモンズ・ジャッジ》を放つ事ができる。

「これが、アース様の……」

四天王の誰かの呟きがかすかに耳に届いた。今の自分の姿を直接見た事があるのは、この場では魔王様だけだから、色々と驚くところもあるのだろう。

ま、話は後回しだ。余裕を見せすぎて事を為す前に変身時間が終わっちゃった、なんて間抜けな事態を引き起こしたくない。さっさとここにやってきた目的を果たそう。

(ルエット、今回も魔力のコントロールの大部分を任せるぞ)

(はい、マスターは魔力を集める事に集中してくだされば大丈夫です。面倒事の大半は私が受け持ちますので)

それでは始めよう。以前と同じく、背中の羽根を起動して、ロボットもののゲームやアニメに出てくるような高出力ブースターをイメージする。

そうすれば、徐々に背中に魔力が集まってきて、唸り声のような音を上げ始めるのだ。だが、その声からは自分に対する敵対心は感じられず……むしろ暖かさをくれる。他の人にとってどう感じられるのかは知らないが。

(一番、二番リング展開――三番から六番まで順次展開――一番と五番に異常あり――問題の発生部分を破棄し、再構築――安定)

ルエットのほうも、次々と必要なリング形成を行っている。このリングの中を通過させるように矢を撃ち出す事で途轍もないパワーを放つのだから、大事な作業だ。

(一番から六番リングの最終チェック――問題なし。七番リング展開。七番リングに問題あり、破棄して再構築――完了。魔力の伝達を開始――魔力量不足、マスターの魔力収集が進み次第、順次再開)

ありゃ、魔力が足りないと言われてしまったか。ならばもっと集中して、背中に魔力を集めるイメージをより高める。これでどうだ？

（魔力供給速度上昇、リングへの魔力伝達を再開。リング間隔を標的との距離に合わせて再調整――目標位置との距離による誤差を修正――完了。リング回転スタート）

もっと魔力を高めなければ、リングの回転速度が上がらない。雑念を捨てて、魔力をひたすら背中に集める。

――よし、背中から感じる気配がより大きくなってきた。この状態を維持し、より魔力を高める。今回の標的は空高くにある雲だから、中途半端な力じゃ届かない。

（調整完了、リング回転速度上昇。六倍、七倍、八倍――リング回転速度、魔力射出可能領域に到達。以降はマスターの判断により射出するまで、回転速度を上昇）

まだまだ足りない。現時点で七割弱といったところか。今回もフルパワーフルチャージで撃たなきゃいけないから、もっと魔力を集めてパワーを上げないと。ま、標的が襲いかかってくる存在じゃないから、気分的には楽だが。

（全工程完了、射出タイミングをマスターに一任。マスター、弓を構えてください）

ルエットの言葉に従い、魂弓（こんきゅう）を出して構えに入り、魔力を集めながらも目標に狙いをつけていく。あとは矢を放つ事だけに集中、魔力制御は全部ルエット任せでいい。今、チャージが九割辺りに到達した気がする。あともう少しだ。

（フルチャージまであと僅か、カウントダウン開始、九、八……）

狙いも定まった。ルエットからフルチャージ完了の声が聞こえたと同時に矢を放つ。一度息を吐き、ゆっくりと吸って……止める。

（二、一――マスター、魔力のフルチャージ完了！　いつでも撃てます！）

ルエットの声とほぼ同時に、矢を放った。七つのリングの中を通過した矢は、弓から放たれたとは思えない速度と勢いで一直線に積乱雲モドキを目指す。

そして、ここから更に矢の勢いを後押しする。一番リングの中に右手を突っ込み、ルエットと一緒に宣言する。そう、《デモンズ・ジャッジ》と。

そうして七つのリングを砲塔代わりにして放たれる極太ビームが、積乱雲モドキ目がけて吹っ飛んでいき……跡形もなく消滅させた。

もっとも、消滅させたのは積乱雲モドキだけではなく――

「星が、見える……」

四天王の誰かが呟く。積乱雲モドキの周囲に存在していた厚い雲も巻き込まれる形で一緒に消失し、そこからはいくつもの星の輝きが見えたのだ。長く雪が降っていた魔王領にとって、雪雲以外のものが空にあるのは、実に久しい事だろう。

「久しぶりに見る、遠距離に特化した《デモンズ・ジャッジ》の輝き……それを人族が使うなんて魔王領の歴史の中でもとびっきりの珍事だと、改めて思ってしまいますね」

魔王様の呟きも耳に届く。

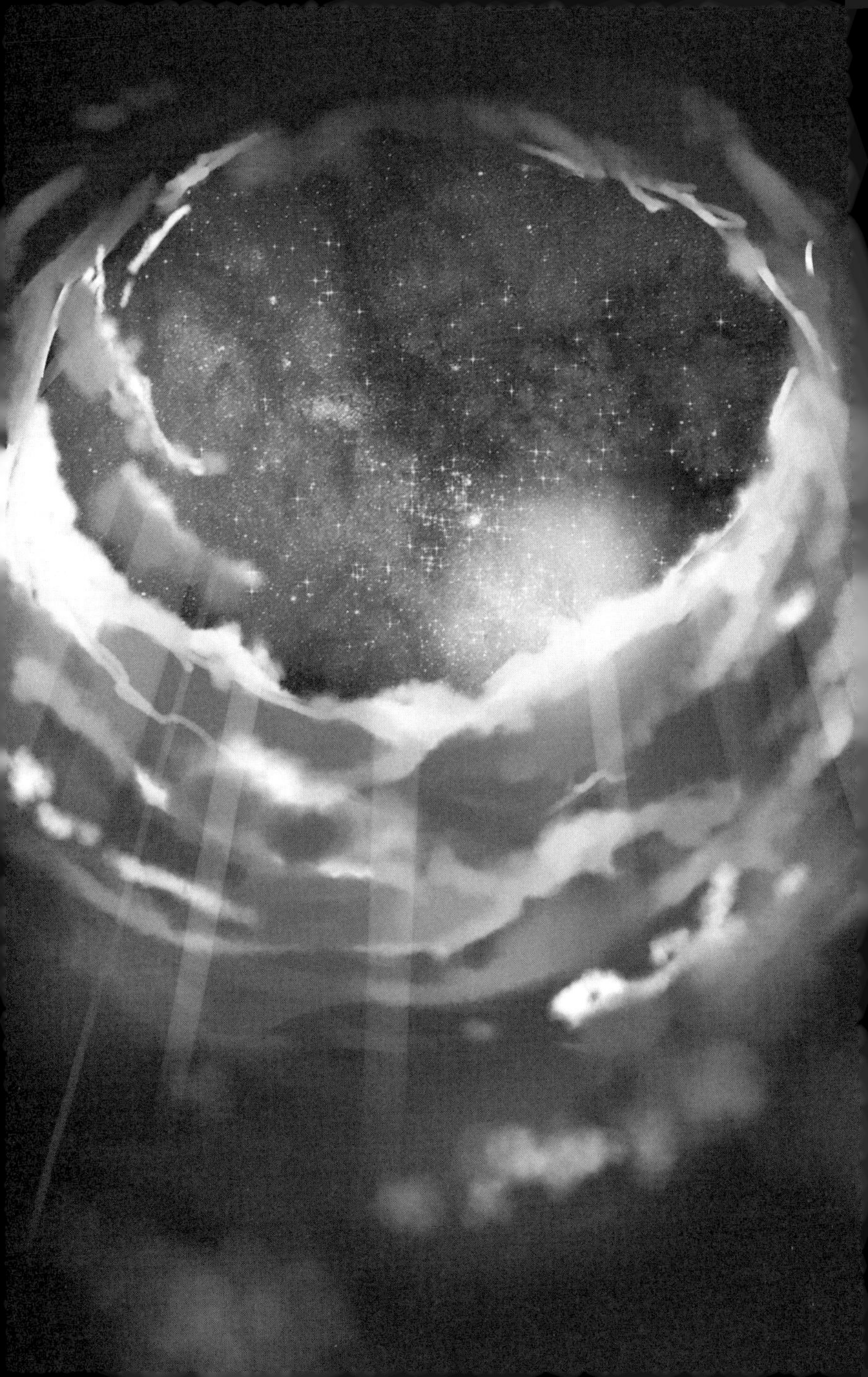

「あははは……」

　確かに珍事である事には違いないので、自分の口からは乾いた笑い声が出る。まあ、本来なら魔族以外が使えるはずがない力なのだからね。

　それにしても、やっぱりフルチャージで撃つと疲れるな。まあ、倒れ込むほどじゃないから問題はないが。

「それでも、アースさんがいてくれてよかった。もしあの雲にずっと好き勝手させていたら、どれだけの被害が出たか分からない。それがこれだけ早く決着したのだから、アースさんが人族でありながら《デモンズ・ジャッジ》を身につけたのはきっと運命のようなもの。その巡り合わせに感謝しないと」

　そんな事を死神さんが言う。ま、魔王様達の期待には十二分に応える事ができただろう。

「では、今回の仕事はこれで完了という事でよろしいですか？」

「はい、ありがとうございました、貴方がいらっしゃらなければ、大勢の民が長く苦しんだでしょう。魔族を代表してお礼を申し上げます」

　魔王様から頼まれた仕事が終わったので、変身を解く。

　今日はこのまま魔王城でログアウト。明日からは、魔王城の本を読ませてもらう作業に入れるかな？

◆　◆　◆

「ふ〜〜〜っ……」

大雪を降らせていた原因である積乱雲モドキを吹き飛ばして以降、リアルの時間で一週間。自分は魔王城の書庫の中に缶詰状態となっていた。

「ぴゅい？」

「あーうん、ちょっと休憩」

正直、今までの流れからして、今回もすぐに目的の本が見つかると思っていた。だが、魔王領は国の名前に『魔』と入るだけあって、魔剣関連の書物や物語などが山のようにあったのだ。その数なんと数十万冊。

そのうち片手剣とスネークソードの魔剣に限定しても十万冊弱。もうひと声絞り込んで、剣の使い手が悲惨な結末に終わっていたり、剣の行方不明などで終わったりするバッドエンド系に絞っても四万冊ほど。

更に更に絞り込んで無属性か闇属性に限定して、ようやく数百冊まで減った。属性の無い魔剣や光と闇の魔剣というのはかなり数が少ないって事らしい。

とはいえ、一人で数百冊も読まなければいけないというのはかなりキツい。泣き言を言っても仕方がないので、司書さんの協力の下、ひたすら連日読み続けているわけだが……一日あたりだと読めても三冊。本が厚かったりすると最悪一冊なので、遅々として進まない。本の内容が面白いので、読む事自体は苦痛ではないのが救いではあるが。

とにかくまだまだ読まなければならない本はいっぱいあって、魔王城の書庫に籠りきりの日々となっていた。

また、司書さんから聞いた話では、例の大雪はピタッと止まって徐々に日が差すようになったという。街は雪の処理で大変だそうだが、魔王様の資金援助などにより作業自体は順調との事。そちらの心配をせず、集中して本が読めるのはありがたい。

あと、ツヴァイ達から狩りPTへのお誘いがかかったりもしたのだが……これは断るしかなかった。ツヴァイ達も、今後解放予定の地底世界に向けてギルド単位でレベルアップを行っているらしいのだが……やはり自分は【円花】の一件を優先したいから、誘いには乗れない。

ここが終われば、【円花】の記憶があるのもエルフとダークエルフの二か所を残すのみとなるので、ゴールは近いはずなのだ。ただ、そのゴールが見えてきたはずのタイミングで、本の山という予想外の壁が詰み上がってしまったのだけれど。

(うーん、これだけバッドエンドを見ると気が滅入ってくるな)

【円花】のトラウマとなる物語を知るためには仕方がないとは分かっているが……やっぱりバッドエンドの物語はあまり好きになれない。正直、バッドエンドなんてリアルにイヤってほど転がっているから、わざわざ物語でまで見たいとは思えないのだ。これはもちろん個人的な好みの差でしかなく、バッドエンド好きな人に対してあーだこーだ言うつもりは全くない。本なんて好きなものを読めばいいのだから。

ひと息ついて気を取り直し、また本を読み始めてからしばらく経つと、こちらに向かって歩いてくる足音に気がついた。

が、ここは書庫なのだから人は来るし、別におかしな事ではないので、そのまま本に集中していると――

「進み具合はどうですか？　そろそろ休憩をお取りになられてはいかがでしょうか？」

と声をかけられた。本から顔を上げると、そこには魔王城書庫の司書の一人であるレウラさんがいた。読むべき本の絞り込みの際には、彼女をはじめ三人の司書さんのお世話になっていた。

「そうですね、今丁度一つの話を読み終えたところなので、ひと息入れる事にします。それと、この本を元の場所に戻すのをお願いできますか？」

魔王城の書庫は広い。だから本を取ってもらうのも片付けるのも、本の在り処をよく分かっている司書の皆さんに任せるしかないのだ。そうでないと、むしろ仕事を邪魔する事になってしまう。

司書の皆さんは、本の整理だけでなく本の傷みのチェックや破損の修復、修復も難しいとなれば写本までしなければならず、決して暇ではない。その邪魔をしないようにすべきなのは言うまでもない。

「それにしても、さすがは魔王様のお膝元です。魔剣に関する書籍があれほどあるとは思いもしませんでした」

書庫からいったん外に出て、休憩室にてレウラさんが用意してくださった紅茶とクッキーを摘まみながら、素直な心境を口にする。スケールが今までと全く違うからな……魔王城の中に、馬鹿でかい図書館が三か所もあるとは思わなかったよ。そして、そこに収められている本の量も膨大で……もし全部読破しようと思ったら、リアルの全てをこの世界に捧げても寿命が先に来てしまう。

「そうですね、歴史に関するものをはじめとした古今東西の様々な本がここに収められておりますので……ですが、だからこそやり甲斐もあります。ここにある本を保存し、閲覧を必要とする方々に届け、過去と未来を繋ぐ場としてこれからも存在させていく……大切な仕事です」

過去と未来を繋ぐ場、ときましたか。本に記されている過去を守り、これからの未来に役立てるって事なんだろうな。

本は知識の集まりだから、過去の成功も失敗も記される。無論、それら全てが正しく記されているとは限らない。リアルでだって、調査の結果、事実とされていた幾つもの学説が誤りだったとされてきている。それでも、知っておく事は大切だ。知らなければ、誤りに気がつけない。

「今回のアース様のように、知を欲する人は必ずいます。そういった方々が訪れたときに、何の滞りもなく調べ物に集中できるようにするためにも、普段の仕事こそが司書にとっては大事なのです」

とレウラさん。そうだ、自分の場合も、司書の皆さんのおかげで本の絞り込みがスムーズに進み、本を読むときにだって何の邪魔も入らずに済んでいるのだから、感謝しないと。

「おかげさまで、読むべき本が大幅に絞り込まれましたからね。もし自分一人で一から調べる事になっていたら、ほぼ間違いなく今頃は投げ出してしまっていたでしょう。司書の皆様方が本を丁寧に管理、整理してくださっているおかげでその手間が省けて、本当にありがたいですよ」

もし本当に一から自分でやったらと仮定すると、読むべき本を絞り込むのすら早くても数か月かかりそうだ。下手すれば、「ワンモア」のサービスが終了する時が来ても絞り込めていなかった可能性も否定できない。そしてそこから更に読まなきゃいけないんだから、いったいどれだけ時間がかかる事か……考えるのを止めよう。

「それでは、私はこれにて。程よく休みを挟みながら読まれたほうが、お体によろしいかと」

そう言い残して、レウラさんは作業に戻っていった。

さてと、自分も読書に戻るかね。とにかく読みまくって当たりを引くまで頑張るしかない。できれば早めに当たりが来てほしいなぁ、なんて考えるのは自然な事だよね――

なんて事を思ってしまったのが原因だったのだろうか。

この日から更に一か月弱、魔王城の書庫に籠る未来が待っていたなんて事を、自分は知る由もなかった。

9

ひと月ほどの間に、色々と「ワンモア」の発表が相次いだ。特に地底世界に関しては、難度がかなり高めなのでしっかりスキルレベルを上げたり戦いの訓練をしたりするほうがいいでしょう、と運営から念押しがされていた。

それを見たユーザーの間では『運営どうした⁉　いつも何も言わずにおいて、実装後にプレイヤーを恐怖の谷底に落とすのを楽しみにしているはずの運営が、こんな忠告を事前にするだと⁉』と妙な混乱があったとかなかったとか。

更に、事前の予想通り、温度対策や明かり対策を複数持つ事をお勧めします、との発表が。なので、その辺りの物品のお値段が取引掲示板上で益々上昇中である。

そんな周囲の状況を横目に、自分は毎日、ログインする↓書庫でひたすら本を読む↓魔王城内でログアウト、というサイクルの日々を送っていた。正直焦りも出てきている……地底世界の実装日も正式発表されたからだ。

約二か月後に地底世界への扉が開くとの発表を受けて、それに間に合わせるためにも必死で毎日読書。そしてついに――

「お、おお⁉　魔王城の客室じゃない。ついに当たりを引いたか……」

本日のログイン直後に、こう呟いてしまった。昨日読んだ本の中にトラウマに関わる記述があり、やっと【円花】の世界に来られたのだ。

いやーよかったよかった。最悪の展開である、ラスト一冊が当たり、なんていう悲惨な展開を迎えなくてよかったと胸をなでおろした。

さてと、昨日読んだ本の内容を思い出すか……そうそう、確か魔王候補者が二人並び立って、魔王の座をかけた一騎打ちが行われたって話だったか。そしてこの一騎打ちのときに【円花】っぽい剣が使われていたのだった。

確か、この二人の実力は拮抗していて、色々と競わせたが決着はつかず。更に片方は武官達、もう片方は文官達の支持を受けていて、その点でも五分。なので止むなく一騎打ちという手段に至った、と書いてあったんだったな。

しかし、この一騎打ちに際し、武官側の候補者が色々と裏で手を回した。

一騎打ちといっても殺しはご法度で、負けたほうが勝ったほうに従うというルールで行われたにもかかわらず、文官側の候補者には模造刀を渡しておいて自分は【円花】を使用。更には負けそうになったところで【円花】をスネークソードモードにして文官側の候補者を刺殺。それだけでは飽き足らず、立会人の文官達を死人に口なしと武官達と謀殺。仕上げとばかりに、不正をしたのは文官側で、身を護るために仕方なく殺さざるを得なかった、という嘘をばら撒いて自分達の正当性を宣言した。

――だが。そんな候補者と支援者の武官連中の嘘は、一か月ほどであっさりとバレた。その嘘を暴いたのは、自分が読んだ本の原本を書いたとされる文官による告発。その現場を見ていた&映像を収めた記録水晶という証拠を伴って、魔王領全土に触れ回ったのだ。

なぜ現場を見ていたにもかかわらず、この文官が殺されなかったかというと――文官側の候補者が相手を全く信用していなかったからだった。彼は決闘場所の上部に小さな足場を作っておき、そこに若い文官を隠しておいた。

その読みは当たり、この若い文官の前で虐殺が行われた。若い文官は血の涙を流しながらもその光景に耐え、タイミングを見計らって、生き残った魔王候補者はクズ野郎だと告発したのである。

言葉だけではイマイチ信用を置けないが、水晶に記録された事実は誤魔化せない。それを知った魔王領の国民は一斉に蜂起。魔王を騙る偽物を討つべしと高らかに声を上げて……泥沼の戦いが始まった。その戦いは、市民達に雇われた暗殺者が魔王候補者の首を飛ばす事で決着がつくのだが……そうなるまでに多大な犠牲者が出た、と本には書いてあった。

だから、この世界における【円花】のトラウマは、自分が使われた決闘の結果で大勢の人が死ぬ運命をたどってしまった、といったところだろう。まあ、自分の判断や行動の結果として大勢の人が骸になったと分かったら、【円花】じゃなくても心の傷になるよな。

そして、今自分がいるのが魔王城の兵舎っぽい所である事から想像するに、おそらく決闘が近々行われるタイミングなのだろう。そうなると自分の目的は……

決闘場を探し出し、武官側の魔王候補者から文官側の候補者を護る。それが叶わなかったときは、武官側の暴走を力ずくで止めて、大勢の人が死んでしまう未来を無理やり変える──だろうか。あまり時間はなさそうだ。もたもたしていられない。

とはいえ、まずは自分の状態を確認しないとな。えーっと……今回は【円花】関連だけじゃなく、【マリン・レッグセイヴァー】もあるから、蹴り技が解禁されているな。あるいは、これが使えないと厳しい展開になるという事か……

あとは、レア等級のポーションがＨＰとＭＰのいずれも五〇個。【アンチポイズンポーション】が一五個。【蘇生薬】も三個あるな。候補者が殺されてしまっても、蘇生できる可能性があるか。まあ、そうならないようにしたいところだ。

更に、今回は魔王変身も解禁されている。もうどうしようもなくなった場合は、これに頼る事になるのかね？

さて、ひと通りチェックも終わったし、行動開始といきますか。

今回の件はほぼ魔王城の中で完結する。そして、人族である自分が気楽に魔族の城内を歩き回る事などできるわけがない。なので〈義賊頭〉の能力をフルに使って隠れながら、情報を得つつ、現場となる決闘場までたどり着かなければならない。今までと比べて難度が急に跳ね上がった気がするんだが、文句を言っていても始まらない。

死角に身を隠しながら城内を歩き回る。〈隠蔽・改〉さんの出番も多く、ＭＰ消費が激しい。レア等級のＭＰ回復ポーションが配付されていなかったら詰んでいた。

そんなこんなであちこち行くと、嫌でも話し声が耳に入ってくる。内容はやはり今回の決闘についてが多いが……リビングメイドさん達は、武官側の候補者に対して嫌悪感を隠そうともしていなかった。色々な意味で嫌らしい手をあっちこっちに出しているらしく、あんな男が王になるなんて嫌だ、という感じ。気持ちは分かるよ、うん。男としてもそういう奴には嫌悪感を抱く。

その一方、武官達だが……やはり皆が皆、例の候補者を応援しているわけではないようだ。リビングメイドさん達と同じく、手当たり次第手を出す姿は見るに堪えないが、全体が応援する流れなのでしぶしぶ、といった様子だった。

積極的に応援している人達は、魔力の強さに未来を見ており、王は最強でなければならない、という考えが共通認識としてあるのが感じられる。

しかし、肝心の決闘場はどの辺にあるのかという情報が手に入らない。現代の魔王城とは全く構造が違うので、まるで当てがない。かといって、もたつくわけにいかないからと焦って姿を見せてしまったら、不法侵入で追いかけ回され、決闘場を探すどころではなくなってしまう。

どうしたものかと考えつつあちこち隠れ歩いていると、ちょっとした事がきっかけで糸口が見つかった。

「じゃ、頼んだぞ」

「わーってら、あの方には元気をつけてもらって、あっち側の馬鹿を負かしてもらわなきゃ、魔族みんなが苦労する時代がやってきちまうんだからよ」

そんなやり取りと共に、一人のコックが厨房から出てきた。お盆に載せた料理をどこかへ持っていくらしい。会話の内容からして、魔王候補の一人……文官側の所に行くんだろうと容易に想像がつく。丁度いい、このまま候補者の元まで案内してもらおうか。

料理を持ったコックは、あちこちを左右に曲がりながら歩き……ある壁の前で立ち止まると、三回ほど優しく壁を叩いた。

「私です、決闘前に軽い食べ物をお持ちしました」

「そうか、入ってくれ」

——そうだよな、城にはこういうシークレットドアとか隠し通路があるのがお約束だよな……しかし、今の隠し通路は自分の〈義賊頭〉スキルでは見つける事ができなかった。レベルが足りないのか、それともこうして追跡しないといけなかったのか……まあいい。〈隠蔽・改〉を発動して、自分も部屋の中に入らせてもらおう。

「私達にはこんな事しかできませんが、どうか御武運を」

「そんな事はない。こうして食べるだけでお前達の想いが伝わってくる」

文官達が支持する候補者は、煌(きら)びやかではないが確かな存在感がある男性魔族だった。食事の姿も優雅で、落ち着きもある。なるほど、確かに魔王の候補として選ばれるのも分かる気がする。

「美味かったぞ、決闘に勝っても負けてもまた食べさせてくれ」

「もったいないお言葉、ありがとうございます」

候補者が食べ終えるとコックは外に出ていくが、自分は部屋の隅っこに移動して留まる。

あとはこの人の傍から離れなければ、労せず決闘場に行けるだろう——そんな風に進んでいた自分の思考は、候補者のひと言で一瞬止まってしまった。

「——で、貴殿の用事は何かな？　私を暗殺しにでも来たのかね？」

見破られている？　いや、〈義賊頭〉に〈隠蔽・改〉も併用して、ドジは踏んでいないはず。カマかけなのか？

「ふむ、動かぬか。てっきりあのバカの命令で毒でも盛りに来たのかと。あいつは魔力や肉体は強いのに、精神的に弱い所があるからな。決闘ともなれば、その前にあれこれ仕込んでくると予想していたが……貴殿は、あのバカの配下ではない、という事かね？　もし、貴殿が単なる盗人(ぬすっと)ならば、残念だったな。ここに金目の物はないぞ？」

理由は分からないが、バレているなこれは。うーむ、今まで見破られた事がなかっただけにショックだなぁ。

仕方がない、姿を見せる事にしよう……向こうの出方次第でこっちも行動を変えるか。

「生憎(あいにく)ですが、盗みに来たのではありません」

フードを被ったままの自分が姿を現すと、文官側の候補者は、ほう？と興味を持ったような表情を見せた。

「金目の物が目当てなわけでもない、かといって私の暗殺や妨害をしたいわけでもない。ならば、なぜこんな所に来たのかね？」

そう言う候補者は、口元を少しだけ緩めているが、当然ながら目は笑っていない。ま、彼に死なれたら困るから、ある程度情報を開示しておくのも悪くない。

「単純な理由ですよ、貴方に決闘で負けてほしくない、と思いましてね」

そこから、この後に行われる決闘で対戦相手がこっそり魔剣を使う事、決闘終了後に文官達を虐殺する心づもりである事など、言える範囲の情報を教えた。しかし、彼は全然動揺しない。想定の範囲内でしかないのだろう。

「そうか、こちらも念を入れておいた準備は無駄にならずに済みそうだな。それにしても、こちらは模造刀で自分は魔剣か。はっ、あの男の心の弱さがよく分かろうというものよ」

その点は同意だ。得物に差を付けるなんて、決闘ではやっちゃいけないだろうに。戦争だったら話は別だけどさ。

「で、こちらとしては、貴方が負けてもう一人の候補者と武官達が好き勝手にやる……そんな流れに乗ってしまうのを阻止したいのですよ。それ故にこの場に乗り込みました」

さて、どう出てくるかな。どんな反応をされたってこちらの目的は一切変わらないが、やりやすくなるかやりにくくなるかの差ははっきりと出る。できればやりやすくなる方向に進んでくれるとありがたいのだが、さて。

「どこからそれだけの情報を手にしたのかが非常に気になるところだが……問い詰める時間もなければ、そこまでする余裕もない。少なくとも私に対する敵意がないという事だけで十分としておく。わざとウソの情報を掴ませて油断を引き出す手段は、アイツの頭では使えん。だが、私が勝つ事でそちらが何を得るのかは興味があるから、聞いておきたい。どうだ？」

無償で動く支援者は不気味って事か。タダより高い物はないって言葉もあるからな、警戒されて当然だ。

「得るもの、ですか。そうですね……貴方が勝てば、魔族の皆さんもバカな暴走はしない。暴走しなければ、他の国に災いが降りかからずに済む――それがこちらの欲する報酬ですよ、戦争を引き起こされてはかないませんので」

という風に、とりあえずそれっぽい理由をでっちあげておく。さすがに「この世界は私にとっては過去で、自分の魔剣がトラウマから解放される事が目的だからです」なんて言ったら、一気に妄想扱いだろう。理解できない真実よりも、理解できるそれっぽい嘘を言ったほうが、まだいいと思う。とにかく、自分が彼と敵対はしないという事が伝わればよいのだ。

「果たしてその言葉が本心かどうか、簡単には判別できないが……まあ、私が勝てるようにできる範囲で支援する。そういう事で良いのかね？」

この言葉に、自分はすぐ頷く。文官側である彼が勝って終わるこの形が、一番いいと思うからね。

「そうか。どんな手であっても、今は持ち札が増えるなら増えるだけありがたい。真っ向勝負なら百回やろうとも負けるつもりはないが、先程の情報通りに向こうが動くのであれば、勝率は百回中十回くらいにまで落ちるだろう。魔剣相手に模造刀で戦わねばならんという点も問題だが、まさかスネークソードの魔剣とはな。剣と鞭の両方の面を持つあの武器相手では、そうと知らなければほぼ確実に不意打ちを受けてしまう。ましてや魔剣であれば、武器の常識は通じぬからな。生きた蛇の如くこちらの頭蓋に食らいつき、砕いてこよう」

史実ではまさにその形で、彼は死ぬのだ。自分も使った覚えがある手だが、スネークソードの魔剣は一瞬の呼吸の間に相手の命を奪う事ができる恐ろしさがある。例えば鍔迫(つばぜ)り合いから離れた瞬間、予想外の間合いで相手の命の灯を食らいにいけるのだ。

「その通りの形で、貴方を殺しに来るかと。向こうはすでに、死人に口無しという形で動く腹を決めていますから。しかし、そんな卑怯な真似をすれば、今の魔王様が許さないと思うのですが――」

あの本には、決闘を行ったとかその後どうなったかとかは詳しく書かれていたのだが……この時代にいるはずの魔王様の事は全然書かれておらず、そこがちょっと引っかかっていた。死の病に伏していたとか？　で、武官達の軍部が力を握ったとか。

「――変な事を知っているくせに、常識には疎(うと)いな。今代の魔王様は、地底の世界に向かわれた後、行方知れずとなっているだろうが。だからこそ、私とアイツが戦う事になったのだぞ？　魔王の不在が長く続けば、民が安心できぬからな。今回決めるのは、魔王様がやがてお戻りになるまでの代行者だ。もし魔王様がお戻りにならなければ、そのまま次代の魔王となるわけだが」

魔王様が、地底世界に行っていた？　――これは、元の世界に戻ったら詳しく調べてみる価値があるな。

とにかく、なぜ今代の魔王様が一切関わってこないのかは分かった。だから事件の後でスムーズに交代できたんだ。魔王候補って時点で、発言力は高いはず。だから、周囲が反対するのも難しいだろう。

「そろそろ決闘の始まる時間だ。姿を消して、密かについてくるがいい。お前の目的を達成するためにも、そうする必要があるだろう？」

彼の言う通りだ。彼が死ぬと、それをきっかけに一気に話が悪いほうに転がり始める。まるで一度倒れ始めたら止まらないドミノ倒しのように。逆に彼が生きていれば、軍部もそう勝手に動けないんだろう。

魔王候補って言葉の響きは伊達じゃない。特に正式な王となって《デモンズ・ジャッジ》を使えるようになれば、並の魔族では一方的にやられるだけになるほどの力を持つ事になる。真っ向勝負なんかできっこないから、史実で武官側の候補者を殺した暗殺者は、どうにかして隙を突いたんだろう。それしか勝ち目がない事は、魔王様の戦いを一度間近で見た自分には簡単に想像できる。

「了解、では失礼させていただきます」

再び姿を隠して〈隠蔽・改〉を発動。気配を殺し終えたらアーツは解除し、隠れる体勢を保つ。

そうして二分ぐらい後だろうか？　部屋に一人の騎士が入ってきて、「そろそろ、決闘の開始時刻となりますので……ご用意をお願いいたします」と告げた。

「そうか、ではすぐに向かおう。あまり相手を待たせるものでもないからな」

部屋の外で待っていた数人の騎士と共に、彼は決闘場へと向かい……自分はそれを追跡する。他の騎士達は自分に対して何の反応も見せないので、間違いなく隠れる事はできている……さっき彼はどうやって自分の存在を見破ったのだろうか。カン？　それとも自分の知らない技術の一つ？

まあいい、それを考えるのは後回しだ。間違っても見失うなんて間抜けな事にだけはならないように注意しないと。

それからしばらく歩いて、ようやく決闘場に到着したようだ。自分はこっち方面には全然来ていなかったから、見つけられるわけもなかったか……いや、予定外の事はいくつもあったが、最終的に中に入れるのだからよし、だ。

やがて扉が開かれる。が、候補者の彼はなかなかその中へ入ろうとしない。

「いかがなさいましたか？」

「いや、なに。いよいよだな、と思ってな」

などと言いながらやっぱり中に入らな……そうか、これは彼の自分への支援だ。中に入りやすいように、わざと立ち止まって時間稼ぎをしてくれているのだ。であるならば、〈隠蔽・改〉を発動してさっさと決闘場の中に入る。すると、彼も自分のすぐ後で中に入った。やはりそういう事だったか。

さてと、隠れやすい場所は……ああ、あの柱の陰がいい。あそこなら決闘場のどこでも【円花】の射程範囲内だし、何があってもすぐに動ける好条件を満たしている。

「来たか、なかなか入ってこねえから、恐怖のあまり固まっちまったんかと思ったぜ」

隠れながらちらりと覗くと、金髪を箒(ほうき)みたいにおっ立てた、いつの時代の不良ですか？って感じの男がいた。あれが、もう一人の候補者か。防具は黒いフルプレートアーマーね。あの鎧相手じゃ、模造刀を数十回叩きつけてもビクともしなさそうだな……

その一方で、こっちの彼はコート姿。魔剣の一撃を貰えば貫かれる事は必至。コートの中にそれなりの物を着込んでいる可能性もあるが、それでも魔剣相手じゃな……防具がないのとそう変わらないだろう。

「ふん、殺しを禁止している決闘ですら、そんな鎧を着込まなければこの場に立てない臆病者が、よくもまあそのような事を言えたものだ」

――こういった決闘前の罵り合い、というか言葉を使った牽制というのは、いつの時代でもお約束なのかもしれないな。そうして、血が沸騰してブチ切れている箒頭VS終始冷静なコート姿の彼という構図があっという間に出来上がった。

そんな言葉による初戦も終了し、いよいよ本番。用いられるのは片手剣の模造刀で、相手を失神させるか戦闘不能にさせるかで決着だと、審判役の魔族が宣言。また、殺しは厳禁、この決闘の勝者を魔王とし、敗者はその部下として仕えるという取り決めも宣言された。

もっとも、その宣言が実行される事はないと知っている自分には、空々しさしか感じられなかったが。

「それでは、両者に剣を！」

そうして運ばれてきた剣を見れば、一発で分かった。筝頭に渡された剣は、間違いなくこの時代の【円花】だ。もう一方はというと、丈夫に作ってはあるようだが……それ以上の何かはない、いたって普通の模造刀だった。

「お前とは長く戦ってきたが、今日で俺が上でお前が下になる。楽しみだぜ」

「ようやく終わるという点だけは、同意するがね。こちらは楽しみというよりは、やっと終わるかという心境だよ」

その会話を最後に双方が剣を構える。いよいよだな。

「では、始め！」

審判の合図と共に、両者が動いた。さて、ここからは目を離せないぞ、と。

10

さて、決闘が始まったわけだが……いきなり激しい斬り合いとはならず、相手の様子を窺いながらの静かな立ち上がりとなった。カッとなっていた筆頭も、さすがに初っ端から突撃はしないか。

では今のうちに、周囲の情報を得ますかね。

まず、武官達は黒いフルプレートに槍に剣というフル装備、しかも二〇人もいるって時点で、最初からもうやる気、というか殺す気満々だってのがよく分かる。文官側は見届け人一〇人プラス一人なのに。そのプラス一人というのは天井近くの足場にいて、保護色のベージュの服を着ているので、パッと見では気づかないな。自分も《百里眼》がなかったら分からなかっただろう。

あと、決闘場のあちこちに罠が仕掛けられているのも、武官側の仕込みなんだろうな。

いくら文官と言っても、能力が高い魔族の皆さんなんだから、魔法を使って逃げに徹すればそれなりに生き残れたはずなんだ。

だが、実際は天井に潜んでいた一番若い文官のみだった。

つまり、他の人は罠に引っかかって動けなくなったところをやられたんだろうな。罠の内容は、行動を止めるタイプと、音を出さないようにするタイプの複合。唯一の出入り口の扉の前には、いつの間にか武官が数人立ってるし。これで包囲網は完成してるって事ね。こりゃ本で読んでイメージしていたよりもずっと酷いな。

周囲の状況は分かった。さて、肝心の決闘も動きが見られるな。筆頭は攻撃がさっきよりも大振りになっていた。もしあの攻撃をまともに受ければ、一発でＫＯされ――いや、使っているのは魔剣だから、文字通り真っ二つとなるだろう。

が、紫色の瞳を光らせた文官側の彼は、その攻撃を黒い長髪にかすらせる事もなく、模造刀で見事に受け流して無効化している。反対に、筆頭の着ているフルプレートはもう傷だらけだ。まるで初心者と上級者の戦いを見ているようだな。

「そろそろ負けを認めてはどうかね？」

「傷ついているのは鎧だけだ！　体にはまだ一発も届いてねえよ！」

まあ、その通りなんですがね。でもさあ、服相手に鎧着てきた上に、相手は模造刀で自分は魔剣を使ってる時点でまっとうな決闘じゃない。しかもそれだけ仕込んでなお一方的に攻撃を受けてるって、もし判定があるなら反論の余地など一切なく、一〇対〇で筆頭の負けだろ。

ただし、今回は失神させるか戦闘不能に陥らせるかが勝利条件だ。だからこうして続行されているわけだが……まずいな。受け流しているとはいえ、魔剣と模造刀じゃ基本性能の差があまりにもひどい。そう遠からず、あの模造刀は折れるぞ。その前に決着をつけるのは――難しいか。

「ったく、いい加減食らえよ！」

「それはお断りしよう、さすがにその攻撃をまともに受けては、失神どころか殺されかねないからな！」

箒頭は更にブンブンと魔剣を振り回す。もう型なんてあったもんじゃないな。あんな振り方を人間がやったらすぐにスタミナ切れすると思うのだが、箒頭は疲れた様子を一切見せない。そこら辺はさすが魔王候補ってところかね。

その一方で、文官側の彼に余裕はないな。鎧をいくら傷つけても相手の戦意が挫けない以上、頭を狙って失神させる必要がある。しかし、頭は胴体より小さいから狙いにくいし、更に箒頭も頭部への攻撃はさすがに警戒しているらしく、剣を向けられたら防御なり回避なりで対処している。

そういった攻防は精神力を必要とする。相手の武器が危険な魔剣だと分かっているから尚更だ。その精神力の消耗は、じきに疲労へと変わる。そこが心配だ。

お互いの支援者が見守る中、決闘はしばらく続いたが、ついに均衡が破れる時が来た。

文官側の彼が判断ミスを犯して、剣を受け流しそこねた。そこを勝機と見て、箒頭が一気に押す。その結果、鍔迫り合いが発生。情勢はかなり一方的で、箒頭が一気に押し込んでいく。

「やっと捕まえたぜ！　そして、これで終いだ！」

言うが早いか、箒頭は魔剣の先端だけをスネークソードモードに変えた。その先端部は、鍔迫り合いで押し込まれる形となっていた相手の頭部を貫かんと襲いかかる。

しかし、自分から情報を得ていたせいか、文官側の彼も素早く反応し、首をひねって回避。だが完全に回避できたわけではなく、鮮血が宙に迸る。そして、かろうじて直撃を回避した姿をあざ笑うかのように、魔剣の先端部は後頭部目がけて再び襲いかかった。

あの方向は完全な死角となっている、それ故に回避しようがない。

「獲った！」

勝利を確信する筆頭。が、そういうわけにはいかんよ。筆頭がイカサマしていたって証拠はもう十分周りの人にも見えただろうから、介入させてもらう。

「それはどうかな？」

すでに準備を整えていた自分は、隠れていた柱の陰から【円花】を振るい、今にも突き刺さろうとしていた魔剣――この時代の【円花】の先端部分を貫く。するとそれはあっさりと砕け散り、そしてまるで導火線のように剣の根元に向かって同じ現象が続いていき、ついには柄まで含めて全てが完全に消失した。

「ま、魔剣だと⁉　おいっ！　この決闘では殺しを禁止しているにもかかわらず、そんな危険なものを用いるとはどういう事だ！　説明しろっ‼」

見届け役の文官達からそんな言葉が飛び出すのも当然だろう。決闘のルールを破っただけでなく、自分達の支援者が目の前で殺されるところだったとなれば、許せるはずもない。だが、武官側からはこんな言葉が飛び出した。

「何を言う、それは何かの手違いだ！　それにそちらも援軍を仕込んでいたではないか！　これは決闘の誇りを汚す行為だろう！　責任を取ってそちらの候補者は自決するべきだ！」

――それは言い訳としてかなり苦しくないかい？　なんかの手違いぐらいで、貴重品とされる魔剣が偶然混ざるかなぁ？　そんなわけないだろうが、と誰もが思うだろう。それにこっちは彼が殺されそうになったから介入しただけで、まっとうな勝負ならば決して手を出さなかったさ。

「ふざけるな！　最初に決闘の規則を破ったのはそちらだろう！　用いる武具に優劣をつけ、あまつさえ殺そうとした時点で、非はそちらにある！　そちらの候補こそ自決しろ！」

文官側もすぐに反論する。当然だな、今回の決闘を汚したのは間違いなく筆頭のほうだ。でもこのまま言い争いを見ていてもしょうがないから、自分も口を挟むか。

「――始めから相手を皆殺しにする用意を整えておいたくせに、よくもまあ、決闘の誇りなどと口にできたものだな。周囲は罠だらけ、更に武官側はがっちりと武装までしている。文官側は純粋に見届け人としての役割を全うするつもりでいたのに比べて、なんと浅ましい事よ。誇りを汚しているのはお前達ではないか」

この自分の言葉に反応して、文官側は「罠だとっ⁉」「まさか貴様ら、最初からこちらの口を封じるつもりで⁉」といった声を上げる。この流れに、すでに自分の支援者達の近くに逃げていた筆頭は一瞬顔をしかめたが、すぐさま真顔になってこう言い放った。

「総員抜剣、決闘を汚した文官連中と、そいつらに与(くみ)する者を皆殺しにしろ。罠を起動させ、一人もこの場から逃すな！」

その言葉とほぼ同時に、武官達全員が剣や槍を抜き放った。そしてこれまたそれとほぼ同時に、自分は適当に選んだ武官の一人に向けて、伸ばした【円花】を振るっていた。着ていた鎧を容易く貫き、狙い通りに心臓を刺せたので、即死だろう。

それから、その武官が崩れ落ちる際に手から落とした剣を、【円花】で回収する。

「とりあえずこいつを。少なくとも、その模造刀よりはましだろう？」

と、文官側の候補者の彼にその剣を渡す。さすがに模造刀でこの場を凌ぐのは厳しいだろうからな。

剣を受け取ると、彼はすぐさま文官達に指示を出す。

「皆は防御に全ての魔力を注げ！　悔しいが、周囲は連中が仕掛けた罠が多数ゆえに、逃げる事は難しいと認めねばならん！　ならば、私と彼の二人で向こうを全員打ち倒すまでだ！　それが終わるまで、皆は耐えよ！」

さてと、今回は剣だけじゃなくて蹴りも使えるんだ。遠慮せず暴れさせていただこうか。このような手段を使う連中に、情けは無用だ。懲らしめてくれる。

……そんな風に気合を入れて立ち向かったわけなのですが。

うん、すでに弱い者いじめと化しています。なぜかって、【円花】をひと当てするだけで簡単に相手の鎧を一刀両断できてしまうからなんですよねえ……

この時代は、自分達プレイヤーが活動している世界から見て相当昔なんだろうなぁ。って事は、武器にしろ鎧にしろ、それだけ生産技術が進んでいないわけだ。

リアルの軍事兵器で考えても、一〇年も経てば嫌ってほど進歩するわけで。その最新兵器で何百年も前の相手と戦ったらどうなるか？　言うまでもなく、一方的になる。それが、今目の前で起きている事だ……

武器にしても鎧にしても、現時点のプレイヤーが使っている物と比べれば紙に等しい。ぶっちゃけ、【円花】でなくても一般プレイヤーが使っている攻撃力（Atk）が30から40辺りの武器で簡単にぶち抜けるだろう。

なので、【円花】は文官側の候補者の彼のサポートに使い、自分に向かってくる武官達は【マリン・レッグセイヴァー】を装着した足で蹴り飛ばして処理している。それだって、鎧を陥没させ、砕き、貫いて過剰なダメージを与えてしまう。アーツなんて使う必要がない。

「こ、こいつは何なんだ!?　我らの鎧をこうも容易く貫く蹴りを使うとは！　向こうはいったいどんな化け物を呼びやがったんだ！」

化け物とは失礼な……自分じゃなくったって、龍の国で活動できるプレイヤーならば誰でもこれくらい苦もなくできるよ。

すでに武官達は半数以上が地に伏した。【円花】の支援を受けて文官側の候補者の彼も積極的に攻めてるし、このまま決着とさせてもらおうかな。

しかし、魔族なのに、なぜ攻撃魔法を撃ってこないんだろう？　この決闘場では、攻撃魔法が封じられるのだろうか。試してみるか？　いや、余計な事はしないほうがいい。例えば、攻撃魔法を使ったら、そのまま自分へ反射される設定とかになっていそうだ。だから、魔法を使わないのかもな。

「そちらの戦力はすでに半分以下だな、ここらへんで負けを認めて投降する気はないか？　無駄に血を流したいわけではないのだが」

文官側の候補者の彼がそんな呼びかけを行ったが、武官達は剣を手放す様子を見せない。

「ありがたいお言葉ですが、このような事をしでかした時点で投降はあり得ません。成功するか、死か。我らにはすでにそのどちらかしかありませんので」

ま、予想通りの言葉だな。クーデターの類は、成功か全滅かしかありえない。失敗した後、あれこれ吐かされるために生かされるってパターンもあるが、それも大抵最後は処刑されるので、結局行きつくところは全滅だ。為政者側からしてみれば、与える刑が苛烈になるのも当然。自分が屍となって地面に転がる原因となる危険人物なんだから。

「ならば、せめて戦いの中で散らせよう」

文官側の候補者の彼はそう言って、また一人、武官を沈める。

どっちが勝つにせよ、今回は多くの血が流れるっていう点だけは変えようがない。ならばせめてこの中で終わらせるべきだ。もし逃がせば、また争いが広がって史実通りの血みどろの戦いに発展しかねない。その様子は、まるで伝染病の発生にも思える。根元を真っ先に絶つ事が、最善の処置であるかのような。

「おのれー！　貴様のような怪しげな奴に！」

自分のほうにも、憎らしげな視線とセットで怒声を上げながら攻撃を仕掛けてくるが、結末は皆同じ。こちらの蹴り一発で吹き飛ばされるか、うずくまりながら倒れるか——まあ、こんな風に圧倒的な姿をはっきりと見せてしまえば、化け物扱いされるのも止むなしか。

向こうの攻撃が一切通じず、こっちの攻撃を受ければほぼ即死状態に追い込まれる。武官側にしてみれば理不尽だよなぁ。が、世の中はそんな理不尽がごろごろしている。こいつらだって、自分が介入しなければ、武装していない文官達を一方的に殺す算段だったんだから、ぎゃーぎゃー文句を言われたくない。

そうして武官達のほとんどが地と血が入り混じる世界に倒れ、残すは筆頭とその横に控える護衛の四名のみ。まだ冷静を装ってはいたが、特に筆頭は分かりやすく真っ青になっている。用意していた必勝の策——と当人達は確信していた——がここまで無残に砕け散れば、そうもなるか。

それでも、仮にも魔王候補なのだから、心の内を顔に出さないくらいの肝（きも）は持っていてほしかったな、と考えてしまう自分は酷（こく）なのだろうか？

「終わりだな。我々の結末はこのような血みどろの結果となってしまったが……きっかけはそちらから仕掛けてきた事にある。自業自得としか言いようがない」

剣を構えた文官側の候補者の彼が一歩前に足を踏み出すと、護衛の武官と筆頭は二歩下がった。

「敗軍の将は、潔くな。これだけの搦め手を用いて戦いを仕掛けたんだ。負けた時の結末は、一つしかない。せめてもの慈悲だ、嬲るような真似はしない」

自分が彼に続いて足を踏み出すと、筆頭達は更に四歩下がった。だが、ここは決闘場という部屋の中。こちらが前に出るたびに下がり続けた彼らは、ついに壁を背負う形となった。

「く、くそ！　ここで俺を殺したら、俺がお前達を殺そうとした事を証明する手段が消えるぜ！　何の証拠もなく虐殺をしたと思われるてめえが、すんなりと魔王になれるか！　反対意見があちこちから噴出するぜ！」

筆頭がそう騒ぐが、文官側の候補者の彼は冷静だ。ま、そりゃそうだ。一連の流れは天井に隠れている文官が水晶に記録しているんだから、慌てる理由がない。

「そうか、証拠か。なら、冥土の土産に見せてやろう。下りてきていいぞ！」

とまあ、水晶に記録されていた内容を見せられて、青どころか白に近い顔色になる筆頭。水晶を奪おうとすらしない……まあ向こうも、多数いた武官相手に傷一つ負わず、蹴りと魔剣で薙ぎ払ってしまった自分から奪い取る事ができるとは思っていないのだろう。戦意が奇麗さっぱりと消えている。

「お前達の行動は、このようにしっかりと記録されている。お前が決闘にふさわしい態度を取っていれば、お前の下で働くのも悪くはないとも思っていた。この魔王領がより発展していくならな。

だが、お前はただ力を振るい、他者を強引に従えていくやり方しかできそうにないと踏んでいた。だから最悪を想定し、こういう手段も用意しておいたというわけだ……計略を立てていたのは自分側だけで、こちらがそんな事は一切考えない、間抜けな奴らだとでも思っていたか？」

勝負あり、だな。崩れ落ちた箒頭が、それを一番理解しているだろう。

「くそ、なんでこんな事に……そこの外套野郎さえいなければ今頃は……」

この箒頭のひと言で、自分は気がついた――ああ、だからか。ここでそれらしい正体を現して、この場にいる全員に、こうなるのは必然であったと理解（誤解と言ったほうがいいかもしれない）させるために、今回の世界では魔王変身が許可されていたというわけか。

なら、箒頭に完全なるトドメを刺すか。

「そうか、ならば自分の――いいや、我の本当の姿を見せてやろう。冥土の土産としては大盤振る舞いが過ぎるところではあるのだが、せっかくだから遠慮せずに全て持っていくがいい」

それっぽい言葉を紡いだ後に、小さな声で呟いて〈偶像の魔王〉を発動。数秒で、自分の姿は黒い鎧を着た魔王の姿へと変化する。その変化に、箒頭や武官達はもちろん、文官側までが揃って腰を抜かした。

「ま、ま、マ……まさか、魔王様ご本人でいらっしゃいましたか!?」

文官の誰かがそんな事を口にする。長ったらしい説明をしなくて済むのはありがたい。

「我はこの時代の魔王ではないがな。だが、此度の一件は見過ごせぬ故に、特殊な方法を用いて時を超え、介入させてもらった。そこの者があまりにも魔王領に益がない行動を続ければ、様々な災いが降りかかるのは明白。そしてその被害は、魔王領が荒れるだけに留まらぬ。そのような被害を出さぬための、止むなしの介入というわけだ」

箒頭を指さしながら、それっぽい声を何とか絞り出す。

これを聞いて、箒頭は泡を吹いて倒れた。泡を吹いて倒れる人って初めて見たよ。まあ、理解が追い付かなくなったか、理解したからこそ理解を放棄したくなったかといったところだろうか。

「ま、まさか我々は、魔王様に向かって直接弓を引いた事に……」

「それ以外の何物でもなかろう。貴様ら、力に驕ってつまらぬ欲に溺れたな？」

武官の一人が恐る恐るそんな事を言ってきたので、肯定してやった。すると武官達もようやく完全に理解が追いついたようで、挙動不審になっていく。やはり魔王と魔王候補の差ってのはとてつもなくデカいんだな。当たり前と言われればそうなのだが、先程まで殺気を向けてきた相手がこうも怯え出す姿で、それがよく分かった。

「ま、まさか異なる時代の魔王様が直々にお出でになられるとは……」

文官側の候補者の彼も、震える声でそんな言葉を口にした。ああそうか、知らぬとはいえ、これまで魔王に対して礼を失した言葉でやり取りをしてしまったと考えたか……さすがにそのままにしてしまうのは酷いな。

「気にするな、初めに正体を見せなかったのは、こちらなのだから。何も咎めぬよ」

自分のフォローに、安堵の表情を浮かべている。こう言っておいてあげないと、精神的に病んでしまうかもしれない。

「そのお慈悲に感謝いたします」

腰が抜けていたのが治ってきたようで、彼は姿勢を正して礼を述べてくる。

さてと、あとは、それなりにまとめてこの場から撤収すれば、終わりかな？　箒頭の最終的な処置は、彼らに一任すればよいだろう。さしあたっては——

「こ奴らを捕縛しろ！　そこの扉にだけは罠がかけられておらぬ。さあ動け！」

自分の言葉に文官達が文字通りに飛び上がり、大慌てで応援を呼びに行った。やれやれ、魔王のふりも大変だ。

11

その後、魔王城はいろんな意味でひっくり返った……なんて表現では生ぬるいか。

魔王城は、ジャンプして三回転半ひねりを加えた後に錐もみ状態となり、そこから満点を叩き出す見事な着地を決めたぐらいの騒ぎとなった。魔王候補の決闘がとんでもない形で決着した事のみならず、今回の一件を収めるべく時を超えて魔王様（自分の事だ）がやってきた事も、更に騒ぎを大きくした原因と言える。

が、当代ではなくとも魔王のひと声ってのはやっぱりでかく、篝頭を支援していた連中の大半はすぐに捕縛された、というより自主的に捕まり、そのまま静かに牢屋に入った。反抗した連中も少数ながら存在したのだが、すぐに取り押さえられた。

そして、篝頭を敬遠していた数少ない武官達は、すぐさま自分と文官側の候補者に忠誠を誓った。これにより、武官側と文官側の争いも完全に終了した。

「此度の一件、何とお礼を申せばよいのか」

そう言いながら、唯一の魔王候補となった彼が自分に深く頭を垂れる。すでに自分は魔王状態を解除しているが、振る舞いを変えるわけにもいかなくなってしまっている。

「ならば、良き魔王となれ。民を守り、他国と連携し、魔王領を富ませよ。それができねば、我がわざわざ時を超えた意味がないぞ。分かっておるな？」

こんな言い方はしたくないんだが、仕方がない。何せ自分は今、魔王しか座る事を許されない玉座に座っている……それ相応の対応をするしかなかった。【円花】による仮想の世界とはいえ、玉座になんて座りたくなかったよ。

「今後、魔王様はいかがなされますか？　できればこの後、我らのために時を超えてまで力を貸してくださった魔王様に感謝すべく、パーティーの一つも開きたいのですが……」

ああ、うん。そちらの気持ちも分かるけどね。それは無理だ、色々な理由で。

最大の理由は——そう遠くないうちに、自分はこの世界から立ち去る事になるからだ。

「その気持ちだけでよい。本来、我はここにいるべき存在ではない。目的を果たした今、このまま居座り続ければ今度は我が悪となろう。本来いるはずのない存在は、その場所、その世界に長く留まるべきではないのだ」

そう言葉を発した直後、自分の体が徐々に透き通り始めた。良いタイミングで時間切れのようだ。この【円花】の世界も終わりとなるって事だな。

「魔王様、お体が!?」

魔王候補の彼が立ち上がって駆け寄ろうとするが、自分はそれを手で制する。

「事は為した。我も本来の時間に帰るとしよう。だがな、言っておくぞ。貴様が賢王となるならばこれが今生の別れだ。しかし万が一、貴様が愚王になって民や他国に不当な苦しみを与えてみろ。その時、我は貴様の首を取りに、この時代へもう一度やってくる。そのような事をさせるでないぞ、よいな?」

この自分の言葉に、彼は「はっ、決して魔王様の期待を裏切るような事は致しませぬ！」との返答をくれた。

まあ、実際はどうやったってこの時代に来る事はもう二度とないが……それを言う必要はない。

「その言葉、確かに聞いたぞ。では、さらばだ」

こう言い終えた後、周囲が暗転し——再び目を開くと、そこは魔王城の客室内だった。戻ってきたらしい。

「ぴゅ？　ぴゅう？」

アクアの声に「ああ、おはよう」と答えながら、その頭を軽く撫でる。

さて、やっとこの魔王城から出て、【円花】の過去を探る旅を再開できる。

と言っても、残すはエルフとダークエルフの領域だけ。地底世界への探索には間に合いそうだな……今回みたいな足止めを食らわなければ。

そもそも、今回は色々と予想外だった。実力派揃いの魔王領の過去世界だから、厳しい戦いが展開されると予想していたんだよねぇ。それがまあ、戦い自体はあっさりとしたもので、一番大変だったのが『【円花】の世界に行くのに必要な情報を得るための読書の量』になるとは。

そんな感想を抱きつつ、魔王城の書庫へ。いつもの司書さんに、自分の目的が達せられた事を伝える。

「それはようございました。それではもう、私にお手伝いできる事はありませんか？」

「いえ、他に調べて頂きたい事が――」

【円花】の世界で聞いた事をもとに、あの本に書かれていた時代より更に少し前、当代の魔王様がなぜ地底世界に出向いたのかを調べてほしい、と伝えておく。

「調べた結果、その物事が魔族の皆さんの機密であり、知らせる事ができないというのでしたら、その旨を教えていただければ」

何せ、当時の魔王様が自ら動いていた案件だ。そして、たとえ自分が魔王に変身できる例外的な存在と言っても、人族である事に違いはないのだから。

「分かりました、結果をお伝えするかどうかは、魔王様にご確認頂いてからに致します」

これでいいか。さて、あとは魔王様にお礼と挨拶をしてから、エルフの森に移動かな。

エルフの森では、蹴りの師匠に挨拶して、情報を得るにはどうしたらいいかを相談する事にしよう。そしてエルフの森が終われば、ついにダークエルフの領域。そこで、長かった【円花】の話もひとまずの終わりを迎えるはず。

っと、魔王様に会う前に【円花】の情報を確認してみるか。

【吸収魔剣・円花】

効果：Ａｔｋ＋80

体内に収められた魔剣　右腕のどこからでも発現可能

複数同時展開可能　闇属性

武器固有技：《サドンデス・スラッシュ》《サドンデス・ピアース》

《サドンデス・クロスライン》

特殊刃形成：《出血の刃》《首取りの刃》《抱擁（ほうよう）の刃》

《断罪(だんざい)》が解放されました。

一定以上の罪を犯している者に対しては、攻撃力が増加します。

特に殺人、強盗、放火、誘拐など重罪を犯した相手に対しては、クリティカルヒットによる即死確率が大きく上昇します。

この即死効果は、敵の抵抗力を貫通します。

対象を捕縛したい場合、即死させないで行動不能に追い込む、といった手加減も可能です。


ふむ、攻撃力が八〇台に乗ってきたか。そして、トラウマ破壊による追加効果が《断罪》ね……悪党と対峙する時はありがたい能力だな。何せパッシブスキルだから常時発動しているし、悪党連中ってのは戦闘力が高い事も多い。そんな連中を、問答無用で一撃必殺できるというのは心強い。手加減もできるようだから、必要に応じて振るい方を変えればいい。即死を最優先するなら、以前覚えた特殊刃の一つ、《首取りの刃》との組み合わせでバッサリとやればいいな。

ドンドン【円花】が凶悪になっていくが、ま、悪党限定だから良しとしよう。

「さてと、魔王様か四天王の皆さんの誰かに会いたいところなんだけど……そこのメイドさん、ちょっとよろしいですか？」

と、近くを歩いていたリビングメイドさんの一人を捕まえて、ここを発つ前の挨拶をしたいと伝えてみた。

「それでしたら、私達の長であるメイド長がお時間をとれると思います。いかがでしょうか？」

メイド長は、四天王の一人のリビングアーマーさんだったな。うん、であればお願いしようか。

「では、お願いできますか？　私は使わせていただいている客室にて待機していますので」

リビングメイドさんは「了解しました、ではしばしお待ちを」と言い残して立ち去った。

あとはひたすら待つだけ……面倒ではあるが、勝手にいきなりいなくなったら迷惑をかけてしまう。どこの世界でも、それは変わらない。こういった事を軽んじれば、信用、信頼という目に見えない財産はあっという間に尽きてしまう。その財産を必要とする者こそ、往々にして、不思議とそれを軽んじるのだ――

さてと、今のうちに今後の予定をしっかりと組み立てておこうか。

「お待たせいたしました、私にお話があるとの事ですが」

大して時間も置かず、リビングメイド達の長であり四天王の一人でもあるリビングアーマーさんが、自分の待つ客室にやってきた。

「ええ、こちらで調べたい事も終わりましたので、そろそろ失礼させていただこうかと思いまして。

それと、書庫に勤めている司書さんに一つ、魔王領の過去について調べてほしいと頼んであるのですが――司書さんのほうにも言ってありますが、調べた結果が魔王領の機密に当たる場合、私にはそのように言っていただければ、何も聞かずに引き下がりますので」

話を聞いたリビングアーマーさんは「そういう事でしたら問題ございません。ですがよっぽどの事でない限りは、アース様にお伝えさせていただきます」と言ってくれたので、この件も終了だ。

さてと、さっさとエルフ領に向かわないといけないな。地底世界への道が開かれるまであと二か月を切っているから、もたもたしていられない。

「では、人族の国との境界線まで送らせてください。それくらいはしませんと、こちらはお世話になっておきながら何もお返しできず、情けない限りですので」

情報を貰えただけでも十分ありがたいのだが、ここは言葉に甘える事にした。断っても変に話が長引きそうだし、移動距離が短いほうが、アクアへの負担も減る。

てなわけで、あっという間に用意された馬車に乗って魔王城を出発、フォルカウスに向かう。途中で出会ったモンスターは、護衛として並走してくれている馬に乗った軍属の魔族の皆さんが一瞬で殲滅してくれて、自分は何もする事がない。

フォルカウスの近くで馬車を降りたときは、全員が整列して一糸乱れぬ敬礼で送り出された。少々気疲れしたが、今回は派手にやったから仕方がないか。

それから関所を通り、フォルカウスに着いたのだが……

（おお、もうほぼ修理が済んだんだな）

自分がこの街を離れるときには壊れていた家などが、新しく再建されていた。あれからは大雪が降らずに陽の出ている日が多かった影響か、大量に積もっていた雪はほとんど消えており……街は道行く人達で賑わっていた。あちこちに露店が立ち、食べ物の匂いが漂っている。雪に悩まされていた当時の雰囲気は、もうどこにもなかった。

（自分が読書にふけっている間、世の中はこれだけ動いていましたよ、って事か。あの雪による傷も大体癒えたんだろう）

勿論、完全に、ではない。死者も出たからな……その悲しみを持つ人はそれなりにいるはず。でもそんな過去に囚われ過ぎては前に進めなくなる。だから誰もが心の整理をつけて、日常に戻っていくのだろう。

そんな活気を取り戻したフォルカウスの街を後にして、十分に街から距離を取る。

「じゃあ、アクア。エルフの森近くまで頼むよ」

「ぴゅい！」

アクアが本来のサイズに戻り、その背中に自分が乗る。

しっかりと体を沈み込ませて安定したと伝えると、アクアは空に飛び立つ。こうなればあとは一直線。空路を妨げるものは何もない――はずだった。

「こんな所で敵が⁉　アクア、前方に複数の反応がある！　速度を落として迎撃態勢を！」

「ぴゅい！」

《危険察知》に反応が出始めたのだ。最初は三個だったその反応は、一気に一〇、二〇とその数を増やす。完全に正体不明な存在だ。

速度を落としたアクアの背の上で弓を構えて、自分はいつでも戦える態勢に入る……いったい何が、こちらに近づいてきているのだろうか？

「あれか？　うわあ……」

やがて目に入ってきたものは……雲だった。ただしただの雲ではなく、真っ黒で周囲に紫電を放っている。もしかしてあれもモンスターの一種なのか？　雲相手なんてどうやって戦えというのだ。

と、考えていたところ、紫電がより激しくスパークし始める。あれはまずい！

「アクア、急速上昇！」

「ぴぃ！」

自分の指示通りに上昇してくれたアクアの真下を、複数の紫電が走っていく。冗談じゃない、あんな攻撃が直撃したら、アクアと一緒に丸焦げにされてしまう。それに射程も長い、こちらの弓の射程外から撃ってきたぞ……長弓か和弓並みの長距離攻撃が可能と見ておこう。

「アクア、あいつらとは無理に戦わず、大きく迂回(うかい)して逃げる方向で！　それで追いかけてこないならそのまま立ち去ってしまえばいい！」

「ぴゅい！」

ああいう雲というかガス状のモンスターというのは、過去のＲＰＧ作品にもいる。でも、そのＲＰＧみたいに剣で斬ったり弓で射抜いたりでダメージを与えられるのかは分からない。無策で近寄れば、無数にいる他の黒雲からもまるでシャワーのように先程の紫電を浴びせかけられるのは目に見えている。そうなれば、いくらアクアでも回避しきれない。そんなリスクを負う位なら、さっさと逃げの一手を打ったほうがいい。死んだら、プレイヤーの自分はともかく、この世界の存在であるアクアは一巻の終わりなのだから。

もしあいつらと戦うとするならば、空を素早く移動できる手段を持つ面子（メンツ）が、六人は欲しいな。そうして各自分散して紫電をバラバラに撃たせる事で、回避する量を減らさないと無理だ。ソロじゃ四方八方から撃たれるからどうしようもない。シューティングゲームのような、ボム回避なんて便利なものもない。

と、そんな事を考えながら臨戦態勢を維持していたのだが、連中の反応が一気に減り始めた。

「――こちらを積極的に追いかけてはこない、か？　縄張り維持ができればいいってタイプと見ていいのか？」

どうやら、こちらが戦う意思を見せなかった事で、脅威的な存在ではないと判断されたんだろう――じゃあ、あの連中は何かを守っているのか？

（いやいや。君子危うきに近寄らず、だ。今は虎穴に入らずんば虎児を得ずという状況ではないの

だから、逃げるで正解だ）

好奇心は、時としてろくでもない結果を呼ぶ。自分の中に湧いてきた好奇心をすぐに抹殺して、臨戦態勢を解いてから、アクアの背に埋もれる。

「アレは何だったんだろう？　この高度で何をしていたのやら……アクアには何か心当たりはないか？」

「ぴゅ〜……ぴゅうぅ」

アクアにもこれといった心当たりはなしか。エルフの森で聞いてみるか……長い時を生きるエルフの人達なら、何か知っているかもしれない。それでも情報がなければ、ダークエルフや魔王領のほうで調べればいいか。

もちろん地底世界に備える事が最優先だから、時間がかかるのであれば後回しにするけれど。

一応、二度目の遭遇も警戒していたが、エルフの森近くに到着するまで出会わずに済んだ。それならそれでいい、連中とは空を飛ばなきゃ出会わない可能性が高い。それに、今後出会ったとしても、一切近寄らずに敵意がない事を示せばそれ以上追ってこない可能性が高いと見ていい。

何も全ての敵をサーチ＆デストロイしなくてもいいだろう。勝てそうにない相手や、不利な相手からは逃げていいのだ。

久しぶりに見るエルフの森は、以前と変わらぬ姿でホッとした。無用な騒ぎを起こさないようにするために地面に降り、アクアには小さくなってもらう。ここからなら、徒歩でも大した時間はかからない。

周囲に広がる麦畑の横を通っていき、久しぶりに森と共存するエルフの村に入った。

さて、まずは師匠に挨拶かな。その後、ここエルフの領域における【円花】の痕跡を探そう。

12

「先生、お久しぶりです」

「誰が訪ねてきたのかと思えば、アース君じゃない。ささ、上がって上がって。大丈夫、掃除とかはきちんとやってるから」

まずは、蹴り技の師匠であるルイさんの家を訪ねた。今までの事を報告したいし、そしてこれからの事を相談したい。

なので、早速【円花】の世界の事を説明した。師匠なら信用できるから、ある程度話していいだろう。それと、部屋の中は確かに奇麗でした。大掃除再び、とはならずに済んだよ。

「へえ、魔剣の世界ねえ。夢物語みたいな話だけど、実際にアース君が体験してきたと言うのなら事実なんでしょう。貴方が私に嘘をつく理由なんて何もないものね。そして、エルフの伝承で魔剣が登場するものかぁ。うーん、ここはやはり、長老の家にある書庫から情報を得るのが確実だと思うわよ？」

　ここでもまた本探しになるのか。さすがに魔王城のときのような量ではないようにと願いたいところだが、その前に。

「しかし、そういう本を読みたいです、と長老様に掛け合おうにも、取り次いでもらえるものでしょうか？」

　長老の末の娘であるトイさんとは知り合いだが、それだけじゃあ弱いだろうなぁ。魔王城でもそうだったが、こういう世界の本ってのは貴重である事が多く、外の人には見せられない物の可能性が高い。それを、長老の娘さんと知り合いだから見せてください、と言って通るものかな？

「別にエルフの秘儀を探るわけじゃないんだから大丈夫よ。長老も、ごく一部の本を除いては一般開放してるし……その本の中に、多分アース君の目的のものもあるんじゃないかな？　話を聞いた感じでは、それっぽい事が書いてある昔話みたいな本をひたすら読めばいいのよね？」

　ルイ師匠の言葉に頷く。とにかく読んで当たりを見つけるのが、【円花】の世界への行き方だ。最初のほうはいきなり飛ばされるから、そんな苦労もなかったんだけどな……途中からは調べないと行けなくなってしまって、面倒に感じる気持ちもある。まあ、調べる事で、その世界でどう動くべきか対策を取りやすくなるから、そこはメリットなのだが。

「とにかく、長老宅に行ってみないと始まりそうにないですね。今日は宿を取って、休息を入れてから行ってみる事にします」

日が傾き始めているこのタイミングで門を叩くと、夕食の準備の邪魔をしかねないだろう。それは色々と気まずい。

「そうね、もう夕食の時間だわ。一家の団欒を邪魔するなんて、無粋極まりないもの」

ルイ師匠も同じ意見か。では、今日から泊まる宿を探しに行くか。

「では先生、自分はこれにて失礼します」

そう告げて立ち去ろうとしたのだが、そこに待ったが入る。

「そんなにさっさと行かなくてもいいじゃない。久しぶりにアース君の作るご飯が食べたいな」

むう、やっぱりこう言われたか。

でも、それも宿屋を確保してからだ。アクアを寝袋にするという手段もあるが、エルフの宿は風呂を設置してある所が多い。アクアを風呂に入れてやりたいからなぁ。

「宿屋を確保してからここに戻ってきて作るんじゃダメですか？　先に言っておきますけど、ここに泊まるってのはなしですからね？」

以前にも同じセリフを言ったが、一応念押ししておかないと。

「了解、それなら良い宿屋に案内しましょ。ここから近くてお風呂もある新しい宿屋が、最近出来たのよ」

と言うルイ師匠の案内で、エルフ領内での常宿があっさり決定。お値段の割に部屋が広くて、風呂が備え付けてあるというのはいい。なぜなら、集団で入る銭湯スタイルだと、アクアは桶に張ったお湯の中に入れるしかない。アクアが汚いというのではないが、そこは一応見た目が鳥である以上嫌がる人もいるので、区別する必要がある。

「いい宿ですね、ここならゆっくりできそうです」

地味に面倒な宿探しがさっくり終わってくれたので、明日からは腰を据えて本を探せる。さて、こんないい宿を紹介してくれたルイ師匠にはいい晩御飯を提供しないとね。

その料理の内容をどうするかだが……まず、肉や魚メインとする事はない。この世界のエルフは肉も魚も食べるが、好むのはやはり穀物や野菜だ。ダークエルフならそうでもないんだけどね。

(といってもなぁ、いろんなプレイヤーがいろんな料理をこの世界に持ち込んだからなぁ)

パスタ系やお米系の料理は「ワンモア」世界にもうかなり行き渡っていて、師匠が食べ飽きている可能性もある。以前は麦が主食だったエルフの村でも、今では水田がいくつもあったりするのだ。世界観崩壊なんて言葉はとっくにぶん投げられているレベルだから、気にするだけ無駄である。

(だめだ、一人で考えていても何がいいのか分からない)

そこでルイ師匠に食べたいものを聞くと、「そうね、今日は揚げ物とかかかな」とのお返事が。ではこのリクエストに応えるものとして、野菜の天ぷらをチョイスしよう。肉はから揚げ程度で多少追加すればいいだろう。天ぷらを揚げている鍋とは別の物で作らなきゃならんけど。

食材店でサツマイモやニンジン、ゴボウにシュンギクといった材料を買い求め、師匠の家に戻ったら早速準備に取りかかる。肉は、アイテムボックス内に死蔵しているやつを適当に出す。

天ぷらの美味しい食べ方は単純明快で、揚げたてをすぐに食べる。これが鉄則だと思う。時間が経った天ぷらは衣（ころも）がべちゃべちゃになり、油が必要以上に具材に染み込み、美味しくなくなってしまう。

時代小説の大家、池波正太郎先生は、『天ぷらは、親の仇（かたき）に会ったときのような気持ちで、揚げる傍から食らいつけ』みたいな事を言った。この言葉を知った当時の自分は、ああ、その通りだなと共感を覚えたものだ。

さて、ちゃっちゃと衣を作りますか。小麦粉に卵に水。これらをボウルに入れて……そのボウルの下には大きなボウルをあらかじめ用意しておいて、氷水で満たしておく。

これは有名な方法なので、詳しく説明する必要もないと思うが……

天ぷらの衣がさくさくしなくなるのは、グルテンの発生量が多くなるためなので、それを抑える事が成功の鍵と言われている。その手段の一つが、冷やす事である。

あと、揚げる野菜はしっかりと水を切っておいたほうが美味しくなる。細かい理屈はよく分からないけど、そういうものだってのは今までの経験で分かっている。

料理で下ごしらえをサボると一気に不味（まず）くなるのは、多くの人が知るところ。そんな手抜きの料理を、師匠に食わせるわけにはいかない。天つゆはうまく作れなかったので、食材店にあったいい味がするやつを薄めて使う。

「ではガンガン揚げていくので、ガンガン食べてください、先生」

「分かったわ！　準備は完了、いつでもいらっしゃい！」

少々どころではない変なテンションになっているが、まあいい。

揚げたものを敷紙の上に次々置いていくと、それらは片っ端から師匠の口の中に消えていく。その食べっぷりは見事のひと言だ。

【揚げたての天ぷら】

美味しい天ぷら。ただし短時間でも放置すると途端に劣化してしまう。

揚げたてをすぐに食べるべし。

効果：「対寒耐性付与（中）」「HP継続効果付与（中）」

「製作してからアイテムボックス外で五分放置した場合、【べちゃべちゃになった天ぷら】に変化する」

製作評価：8

「美味しいー！　揚げた野菜もから揚げも美味しいわー！」

笑顔で次々とてんぷらとから揚げを平(たい)らげていく師匠。自分も合間合間に摘まみ食いしつつの作業となった。

少々多めに食材を用意したのだが、揚げたての天ぷらの魔力には逆らえずに完食してしまった。ちょっぴりお腹が苦しい気分だ。

実際はどれだけ食べても一定以上の満腹感は感じない仕様なのだが、物理的にはそうでも精神的にはそうはいかない。

「ああ、美味しかった。うん、やっぱりアース君、ここに永住しない？　修業もつけてあげるし、家もついてくるわよ？」

「師匠、お戯れはおやめください」

そんな師匠の言葉に苦笑いを浮かべてしまう。

その後、お暇の挨拶をしたら宿屋へと戻ってログアウト。

さすがに永住はできないなぁ、もっといろんな所に行きたいし、敵討ちだってしなきゃ、な。

【スキル一覧】
〈風迅狩弓〉Lv50（The Limit!）〈砕蹴（エルフ流・限定師範代候補）〉Lv42《百里眼》Lv40
〈技量の指〉Lv78〈医食同源料理人〉Lv17〈蛇剣武術身体能力強化〉Lv18
〈円花の真なる担い手〉Lv3〈義賊頭〉Lv68〈隠蔽・改〉Lv7
〈妖精招来〉Lv22（強制習得・昇格・控えスキルへの移動不可能）
追加能力スキル
〈黄龍変身〉Lv14〈偶像の魔王〉Lv6
控えスキル
〈木工の経験者〉Lv14〈薬剤の経験者〉Lv9〈釣り〉（LOST!）〈小盾〉Lv42
〈鍛冶の経験者〉Lv31〈人魚泳法〉Lv10
ExP28

13

翌日のログイン後、早速長老の家を訪ね、本を読ませてもらえないかと頼んでみたところ、あっさりと「あ、どうぞどうぞ」みたいな軽いノリで許可が下りた。

もちろんエルフの機密は閲覧できないが、そんなものに興味はない。ついでに、こういった魔剣に関する本を見たいのですが、と本の管理をしているお手伝いさんに尋ねてみたら、本を探してきてくれた。

――エルフ領における魔剣の話が収められた本は数十冊。そのほとんどが短剣か弓に関するお話で、片手剣の話は一冊しかなかった。

お手伝いさんにお礼を言った後、椅子を借りて、その一冊しかない本をゆっくりと読み始める。

その中に書かれていた話はだいたいこうだ――

ある時、エルフの戦士の一人が木の悲鳴に気がつき、現場に向かった。すると、一本の剣が深々と木の根元に突き刺さっており、悲鳴を上げていた木はその剣を取り除いてほしいと頼んできた。

エルフの戦士は、傷を最小限に抑えて剣を引き抜く事に成功した。その剣は、蛇腹のような形を取る事ができる、融通が利く魔剣であった。エルフの戦士はそれが接近戦で役に立つと思い、その剣を自分の武器とする。

戦士が魔剣を手にしてから二〇〇年の間に、エルフの森に湧いた大量の魔物を倒す大討伐が幾度となく行われた。

多くのエルフが傷つき、亡くなった。だが、遠距離なら弓、近距離なら魔剣を振るう戦士は、華々しい戦果を挙げた上、大した傷も負わずに生き抜いた。戦士と魔剣はエルフの中でも有名になり、いつしか彼こそがエルフ一の勇士であるとさえ言われるようになっていった。

が、それに目を付ける者が必ず現れるのが世の常。エルフの勇士に、なんの代償もなく魔剣を寄こせと言い放つ者が現れた。

それが、ハイエルフ達。彼らはある日突然、エルフ達が住まう村に押しかけてきた。我が物顔で村を歩き回り、見つけ出したエルフの勇士に向かってこう言い放った。

「天から現れた羽根を持つ美しきお方が、我らにこうお告げを下さった。『分不相応な剣をエルフから取り上げ、扱うのにふさわしいお前達が管理すべし』と。故に、貴様は我らにその魔剣を供出すべきである！」

そのあまりに一方的かつ高圧的な言い分に、勇士だけではなく多くのエルフ達が不快な感情を胸の内に宿した。が、エルフとハイエルフでは戦闘力の差が大きいのは事実。下手に機嫌を損ねては、多くのエルフ達が傷つき倒れる結果を迎えてしまう事を、エルフ達は理解していた。

二〇〇年もの間、共にあった相棒とも言える剣を手放すのは辛いが……多くの同胞の命には代えられない。そう決断を下した勇士は、ハイエルフ達に剣を差し出す事にした。

「そうだ、それでいい。貴様のような下賤な者にその剣は似合わん。安心しろ、今後は我らの管理のもとで使ってやる」

恭しく差し出された剣を奪い取るかのようにもぎ取ったハイエルフの一人は、鞘から抜いた剣をしばらく眺めた。

「うむ、この輝きにこの鋭さ。天から現れた羽根を持つお方が、我々に管理すべしと言うだけの事はある。それだけに、今まで下賤な者に使われていたという汚点を、今のうちに処理しておかんとな」

その言葉の響きに危険を察した勇士は、剣を差し出した体勢から素早く地面を転がった。それとほぼ同時に、ハイエルフの振るった魔剣が地面に突き刺さっていた。

「何をなさいますか!?」

「黙れ、貴様の如き下賤の者がこのような素晴らしき剣を二〇〇年も勝手に使い続けたなど、立派な大罪だ！　見つけ次第、即座に我々ハイエルフに供出するのが筋というものであろうが！　そんな簡単な事すら理解せぬ下賤なエルフは、我らの手によって処刑されてしかるべきだろう！」

あんまりにもあんまりに身勝手なハイエルフの言葉に、その場にいたエルフ達はいっせいに弓に手をかけた。

二〇〇年の間に行われた大討伐でこの勇士が挙げた戦果は大きく、多くのエルフ達の命が救われた。そんな恩人を愚か者達に一方的に罪人扱いされるなどもってのほか。たとえ敵わずとも、このような暴論は許せなかったのである。

だが、そんな周囲のエルフ達に当の勇士が待ったをかけた。

「私が大人しく処刑されれば、この場に留まり続ける理由はないという事でよろしいのでしょうか？」

勇士の言葉の意味を、エルフ達は即座に察した。彼は自分一人を生贄（いけにえ）に捧げる事で、他のエルフ達の命を守ろうとしたのだ。

「分かっているではないか。その通りだ、だからさっさと首を出せ！　この剣の切れ味を確かめてくれる！」

そうして勇士はハイエルフの言葉に従い――首を落とされた。

ハイエルフ達は上機嫌で引きあげていったが……当然、この一件で大勢のエルフ達がハイエルフに大きな反感を持ち、今まで協力してきた部分をほんの少しずつ、しかし確実に止めていった。

また、多くのエルフの命を救うべく敢えて首を落とされた勇士は、同胞のエルフ達によって手厚く葬られた。それは墓を作らないのが基本のエルフにあってなお、小さな目立たぬ物であるものの、墓が作られたほどであった。

勇士に関する内容はここで終わりとなるが、この話にはもう少しだけ続きがある。

まず、勇士から剣を奪ったハイエルフは……この剣を用いて戦っていたときに扱いに失敗し、蛇腹にしていた剣の先端で己の心臓を突いてしまった事により絶命している。

他にもこの剣を使ったハイエルフは数名いたが、そのいずれも一年以内に剣の扱いを誤って、自分の手や足を切り落としてしまった。この事から、死んだエルフの勇士が剣に呪いをかけたのだとハイエルフ達の中で噂になり、剣はいずこかへと安置された。そして月日が流れるうち、剣はいつの間にかその場所から消えていたという。

また、いつしかエルフ達は大討伐の際にハイエルフを支援しなくなった。

いくらハイエルフが強いとはいえ、彼らの集落は森の奥にあるため、大討伐で戦わないといけない魔物も強大である。そこへ、今まであった援護が消えればどうなるかは、言うまでもない。

そして、ハイエルフ達に勇士と剣の情報を与えたとされる『天から現れた羽根を持つ』存在は、その全てが謎とされている。本当に存在したのか、それともハイエルフ達がでっち上げた架空の存在なのか、あやふやである。

もっとも、この一件以降、エルフ達はハイエルフ達と距離を徐々に置いていったために、当時のハイエルフ側の資料もなく、この点は永遠に解けない謎であり続けるだろう。

だが、己の命を犠牲にしてまで多くの同胞を守った勇士がいた事は、紛れもない事実である。これを読んだ貴殿も、この勇士のような強い体と心を得るべく、修練に励んでほしい――本の最後はそう結ばれていた。

（また、また対峙するのはハイエルフなのか。そして天から現れた羽根持つ存在というのは、おそらく霜点さんを手にかけたアイツの事だろう。時代的には、こっちのほうが先なのかね？　霜点さんと戦った後なら翼の一枚が切り落とされているはずだから、ハイエルフが美しきお方と評するかは微妙だな。何にせよ、【円花】がこの一件でトラウマを持ったのは無理のない話だ。自分だって、ハイエルフに無残に殺されたエルの一件を思い出してしまった）

勇士の所にやってきたハイエルフ達は、おそらく以前エルを殺した過激派に属する連中だろう。今はもう全員が処刑されているらしいが、それまではこういう形で暴れていたんだろうな。腹立たしい。

それに、面倒な形となった。今回は勇士を救って、はい、お終いとはいかなそうだ……下手したら、エルフとハイエルフとの戦争に巻き込まれる可能性がかなり高い。

かといって、穏便に済ませるのはほぼ不可能だ。例のハイエルフの過激派は、自分達に逆らったら全て殺すという考えの持ち主だ。剣を供出しなかったら、この勇士には殺される運命しかないわけで……これをひっくり返すとなると、ハイエルフの過激派を一掃するしか方法がないような気がする。

過激派以外のハイエルフを、一時的にでも仲間にできれば話は違うんだが……そんな手の打ちようがない。そもそも人族の話を聞くような連中じゃないもんなぁ。

このままじゃ解決策は浮かばないな、考え方を少し変えよう。

そうだなぁ……どうにか、過激派同士をぶつけ合う形にできないだろうか？　困るのは、エルフとダークエルフが攻撃される事だ。ハイエルフ同士が戦い合うのならどうなろうが知ったこっちゃないし、問題はない。

そうなると、例えば……剣を取りに来た連中が試し切りと称して勇士に切りかかったはいいが、そこで剣が折れたらどうだ？　そのまま持って帰ればよかったのに、取りに来た連中が壊したとなれば……

（連中同士で揉め始める可能性は十分ある。この形ならいける、か？）

——どのみち、よっぽどの事がない限りは【円花】の世界から帰るためには、剣を折らなきゃいけない。それを兼ねて、勇士に剣が振りかざされたところで自分が剣を折ればいい。

問題は……ハイエルフに感知されずにそれをやれるか？〈隠蔽・改〉を使うのは大前提として、そこから先をどうするのか——手札がない。普通のスネークソード状態での攻撃じゃ、一〇〇％ハイエルフ達にバレる。切っ先を地面に這わせても、あいつらはまず間違いなく勘づく。あいつらの力を舐めちゃいけない、以前相対したときには、変身しなきゃこちらは何もできなかったのだから。

他のスネークソード関連のアーツも、瞬間的に遠距離攻撃できるものはない。

残る可能性としては、【円花】に発現してからまだ一回も使っていない、新スキル《霜点》と

《無名》だが……直感で、これらは軽々しく使っちゃいけないって思うんだよな。特に《霜点》のほう。

そうなると、今回の作戦は《無名》に期待するしかないかもしれない。この《無名》が、仮に面倒な条件付きであったとしても、攻撃者がバレにくいおかしな攻撃ができるものだとしたら――

（とにかく、一度《無名》を練習してみよう。これが使えるならよし、使えないのなら更に他の方法を考えなきゃいけない）

まず間違いなく、今までの【円花】の世界の中でもトップクラスで高難度だ。それでも方法がそれしかないのなら、やるしかない。

読み終わった本を返却し、エルフの長老宅を後にして師匠のもとへ。このエルフの村にも練習場や訓練場があったから、師匠に頼んで許可を取り、使わせてもらう事にしよう。

ルイ師匠にお願いし、人族でも入っていい訓練場に入れてもらった。そういえば、ここに来たのは大討伐以来か……いろんな事を思い出してしまうが、今はやるべき事をやろう。思い出に浸（ひた）るのは後でもできる。

「じゃ、この村を出るまで好きな時に使っていいからね」

と言い残して、ルイ師匠は外に出ていった。

さてと、とにかくまずは《無名》を発動できるようにならないといけない。しかし、見た事も聞いた事もないスキルを手探りで発動するってのは難度が高い。ひとまず、剣をいろんな形で振りながら試してみようか。

「《無名》！　《無名》！　《無名》！」

そしてその結果、全くもって発動せず。ただ技名を叫んで何の変哲もない縦切り横切り袈裟切りなどを繰り出すだけの自分の姿は、リアルでやったらただの痛い人としか見られないであろう。

うーん、どうもアーツの発動条件にかすりもしていないらしい。かすっていれば、目の前にある標的代わりの木の人形に何らかの変化が起きているはず。切り傷が出来るとか。

である以上は、どうもこの《無名》という技は、剣で直接斬りかかるような動きをするものではないと見ていいだろう。

（じゃあ次は、スネークソードモードで色々試しますか）

それからしばらく、色々な型で【円花】を振るいながら《無名》の宣言をし続けたが……見事に空振りに終わった。三球三振、ゲームセットのおまけつきでもいいぐらいだ——って、ダメだろうそれでは。

今日ログアウトして明日ログインしたら【円花】の世界に直行する形になるのは、まず間違いない。だから、色々と試せるのは今日しかないのだ。土壇場で新しい力に目覚めて——って展開に期待しちゃあだめだ。今のままで【円花】の世界に向かったら、絶対エルフVSハイエルフの争いが泥沼展開になるって分かってるんだろうが。

（しかし、今までの冒険でやってきた攻撃方法は全部試したはず。アーツの動きもできる限り再現したし、そこは間違いない。なのに全てが空振りに終わったって事は、今までの自分がやってきた動きとは違う事をやらなきゃダメってわけかね？）

しかし、剣の振り方ってそう多くはない。いい加減な振り方では勢いが乗らないし、そんな勢いの乗らない剣では相手を倒す事などできるはずもない。

一応念のために、もう一回【円花】を剣状態に戻して、剣の基礎的な切り込み方である八つの方法を試した。上、真横、左右の袈裟切り、左右斜め下からの切り上げ、突き……それでも《無名》は発動しない。

（もしかして、これは槍状態で扱わないとダメなパターンか？）

普段は封印している槍モードを発動させ、突きや払いを試すが……これもハズレだったようでうんともすんとも言わない。

（——これも違うのか。何かの制限で、まだ発動する事が絶対にできない状態になってるのかね？いや、もしそうだったとしたら存在自体を明かさないし、習得したとか表示されないだろ。使う事はできるはずなんだ……自分がその方法の正解を引き当ててないだけで。でも使い方の説明どころか手掛かり自体がないのは辛いな）

せめてなんかひと言あればな。一瞬、伝説上のゲイ・ボルグとかグングニルのように、投擲（とうてき）する事で発動するのではないか、とも考えたが……魔剣をぶん投げたらまた回収するまで使えない。

もちろん投げようと思えばいくらでも投げられるが、【円花】はスネークソードモードというそれなりの遠距離攻撃手段があるのに、わざわざ投げる技に意味があるか？　ないよなぁ。一応やってみたが、無反応だった。やっぱりな。

（うーん、剣の振り方じゃあだめなのか？　槍は今試したから除外。格闘系も当然除外。斧の振り方か……【円花】を両手で持って斬る。うーん【円花】には合わんよなぁ。斧や両手剣の一発は、その重量があってこそだ。【円花】はそういう重量級とは程遠い。よってこれもあり得ない、と。短剣だって長さが違うから、持ち方自体ができな……待て。今自分は何を考えた？　持ち方？　——持ち方が変われば構えも変わる、な）

訓練場の床で胡坐（あぐら）をかき、考える。まだやっていない事は本当にないのか？　剣の構え方で、持ち方で、やってない事はないのか？　常識を投げ捨てろ。この剣だからできない、この剣だから不可能だって考えを排除して、可能性があるものを、できそうな動きを考え直そう。

何かあるはずだ、一般常識に囚われて、まだやっていない事が。

（——そうだ、まだ試していない事があったな。普通の西洋剣じゃどうやったって不可能な抜刀術である居合。だが、「ワンモア」世界におけるスネークソードの特性を生かせば……その動きを再現して攻撃する事も可能のはずだ）

根元から順番に変形させ、日本刀モドキの形にしながら振り抜けば、居合モドキの動作を取る事は十分にできる。そしてできる事が見つかったのなら、それをすぐに試すべきだろう。

といっても【円花】には鞘がない。それでもできるだけ雰囲気を出すために、左手で鞘を持っているような構えを取り、なんちゃって居合の体勢に入る。

一つ息を大きく吸いこんで、吐き出す。それを三回繰り返した後に、目の前にある木の人形をじっと見据えながら心を落ち着かせる。

明鏡止水の境地だなんて高みに自分が至れるはずもないが、それでもできる限り集中して、一瞬で振り抜く動きをイメージする必要がある。居合とは一瞬に全てを懸けるものだと、自分は考えている。

そのままじっと木の人形を見つめ続けた自分だが、ふと無意識に体が動いた。体から、動け！と言われたと錯覚するほどに、無意識に動いていた。

【円花】を振り抜いた恰好のまま少し静止していたが、木の人形にこれといった変化はない。これも失敗か。でも、モドキといえどもスネークソードでこれだけの居合が可能である事を知れたのはよかった。戦いにおける引き出しが一つ増えるのは嬉しい事だ……それが失敗や思い付きでやった事がきっかけであっても。

息を一つ吐き出して、体を自然体に戻した、その時だった——木の人形に動きがあったのは。その動きは、斬られた物体の上下が斜めに分かれて滑り落ちて倒れる、というようなよくあるものではなく——

「砕け、た？」

突如、木の人形の中央部分が、小さな音と共に木っ端微塵に吹き飛んだのだ。

少し待ってから近くに寄り、胴体が二つに分かれた木の人形をよく観察する。

ほぼ無意識に体が動いたので、どこを狙って【円花】を振り抜いたのかは自分でも分からなかったのだが、この砕けた部分に攻撃が当たったのだろう。

人形の断面は、鈍器で横から叩いて無理やり砕けばこうなるのではないか？という感じで、非常にささくれ立っている。どう見ても、斬った感じではない。

（――この断面からして、【円花】の刀身で斬った結果ではないな。【円花】の刀身ならば、この材質の木を奇麗に切断するなんて事は容易い。あとは射程か。どれぐらいまで届くのかを知っておかないと。これが《無名》なのかどうかは分からないが……この攻撃方法は、自分が手にできる新しいカードである事は間違いない）

この訓練場には様々な道具や備品が備え付けてあって、木の人形を壊しても修繕できる。修繕できないほどに壊れた物は、薪などに再利用されるようになっている。

とりあえずは折れた断面を削る事で奇麗にして、何から出来ているのか分からない接着剤をつけて修繕。これで数分置けば、がっちりくっついてしまう。

くっついた事を確認した後に、もう一度立て直した木の人形の上に、備品の古い金属製の鎧を着せてみる。この金属鎧を砕くぐらいの威力がないと、剣を折るのは難しいはず。

準備を終えた後、自分は標的からできるだけ離れる。その距離ざっと二〇〇メートルほど。ここから徐々に距離を詰めていって、有効射程を測るのだ。

もう一度、先程のなんちゃって居合の構えを取る。でも、そこに要求される集中力だけは、なんちゃってでは済まない。それに、先程は体が勝手に動いたようなもので、自分としては少々不満である。次は、きちんと自分の意思で発動させたい。どんな技術も、自分で使ってこそ。たまたま仕えたものをあてにしてはいけない。

そうして実験を重ねた結果、有効射程は大体八〇メートルほどと分かった。当てるだけなら一〇〇メートルでもいけるんだが、鎧を砕く事ができたのは八〇メートルだったのだ。

また、何度も使っているうちに、何とか自分の意思で撃つ事ができるようになった。ただしそれには条件を色々積み重ねる必要があり、集中力が高まっている状態で、更に呼吸のタイミングと心臓の鼓動、その二つのリズムが共にいけると感じ取れたときだけ。意識すれば多少タイミングの融通は利くのだが、それを考慮してもこの技はかなり使い勝手が悪いと言わざるを得ない。

そして、発動で消費するＭＰは全体の二割ほど。まあこれは許容範囲内だろう。

(でも、これなら何とかなる可能性は高い。あとは、有効射程内まで近寄れるかどうかだけど……それぱっかりは【円花】の世界次第だな)

まだ不安要素は多いが、今日一日の準備ではこれが精一杯だ。

最終確認として〈隠蔽・改〉を使用しながらやってみたが、発動させる事に成功した。もっとも、剣を振ったら〈隠蔽・改〉は解除されるので、その後は素早く隠れる必要があるだろうが……

この《無名》（？）の発動コストが高かったら厳しかったが、何にせよ、何とか新しいカードを手にした。あとは明日、一発勝負だ。

14

翌日ログインしたら、予想通りに知らない場所で目が覚めた。

と、その直後、体がぐるりと急反転。

（ちょ⁉）

とっさに足を何かに絡ませた事が功を奏し、体の動きが止まる。息を整えてから周囲を見渡したところ、どうも今回の自分は木の枝の上に寝ていたようだ。

足を絡ませた太い枝にぶら下がった状態で恐る恐る下を見ると、多分ビルの七階ぐらいの高さなんじゃないかなーという高所にいる事が分かった。アホじゃないのかこれ？　さっき反射的に足を絡める事ができていなかったら、いきなりゲームオーバーだったんじゃないのか？

（もうちょい何とかならなかったのか？　昔の理不尽ゲームのように、初手を間違ったら即ゲームオーバーとか、酷すぎると思うのだが。よりにもよってＶＲで）

と、とにかく即死は回避できたんだから、それでよしとしよう。

周囲は木ばかりなので、ここは過去のエルフの領域って事でいいんだろう。木の種類も、エルフ領でよく見るものが多いし。

枝を伝っていき、木の幹に抱き付くようにしてゆっくりと慎重に地面へと降りる。その途中、下は見ない。それから周囲の気配に注意を払う。エルフが普通に他種族を受け入れるようになったのは自分達の時代からであって、過去においては排斥する方向だった可能性を捨ててはいけないからだ。それに、誰かに見つかれば《無名》（?）を使った不意打ち作戦がやりづらくなる。

不格好ながらも何とか無事に地面に足をつけ、手持ちのアイテムを確認。今回はHP回復のポーションは五つだけ、MPポーションに至っては何とゼロ。弓はもちろん持ち込めていないし、蹴りもアーツが全部封印されている。この状態で戦闘をするのは、自殺行為としか言いようがない。やはり当初の予定通り、何とかハイエルフ達が剣を壊したかのように見せかけて誤魔化す方法しかなさそうだ。MPポーションもないから、〈隠蔽・改〉もぎりぎりまで使わないように行動しないと。

そのように今回の方針を決めて森の中を歩き始めたのだが……どっちにエルフの村があるのだろうか？　もたもたしてたら、勇士がハイエルフによって首を飛ばされる。間に合わず森の中をうろついていただけでお終い、なんて展開だけは何としても回避したいところだが——

っと、《危険察知》のレーダーに反応が。モンスターじゃないようだが、気配を殺して隠れておく。エルフにも見つかっちゃいけないからな。このまま様子を窺うか。

「もうすぐだな、エルフの村は」

そんな声が聞こえてくる。この場から動くわけにいかないので、発言者の姿を見たい欲求をぐっとこらえる。すると、また別人の声が耳に入ってくる。

「全くもって忌々しい。エルフが素晴らしい武具を手にしたまま、我らに献上せずにいるとはな。あの天から現れたお方のお言葉がなければ、気がつくのがもっと遅れた事だろう」

あ、この言葉でもう分かった。声の主はハイエルフ達だな。何人いるのか……《危険察知》が教えてくれたところによると六人か。この六人の視線や感覚を掻い潜って、この世界の【円花】を破壊しないといけないのか……

だが、こいつらがエルフの村に向かっている事は間違いない。今のうちに少しでも連中の情報を仕入れつつ、エルフの村まで案内してもらうとしよう。

と、そう考えて行動に移そうとしたときだった。突如、自分の隠れている木からさほど遠くないところに風魔法が撃ち込まれた。

「あ？　何だ？」

「ああいや、我らに害を及ぼそうとするような者の気配があったような気がしたんだが……魔物のガキだったようだ。まったく、エルフの連中は何をやっている」

――なるほど、気配に対してそれなりに敏感に反応する奴が最低でも一人はいる、と。嫌な情報だが、大事な情報でもある。向こうの探知よりもこちらの隠蔽が勝ればよいのだが……そこはもう出たとこ勝負だ。

ハイエルフの集団と一定の距離を保ちながら、後を付いていく。迷わずに済むのはありがたいね。

さてと、そうこうしているうちに村が見えてきたな。

「道を開けよ！　我らハイエルフ、貴様達にふさわしくない武具を扱う愚か者に対し、裁きを下しに来た！」

——何言ってんのこいつ？と思ったが、ハイエルフの一部はこういうおバカちゃんがいるんだった。聞いているだけで頭が痛くなってくるね。

しかしエルフの皆さんにとっては一大事、大慌てで頭を下げて避けていく。なんかこういうものを見せられるとムカつきを覚えますよ？　相手をまるで奴隷みたいに……気に入らないね。

「この村に住むエルフで、魔剣を手に入れてそれを我が物顔で使っている愚か者がいる！　その者のところまで案内しろ！」

ハイエルフは、まるでそれに従うのが当たり前だとばかりにギャーギャー喚き散らしている。自分はその隙に屋根に上り、様子を覗き見ているのだが……あの態度じゃ、いくら顔が美形であっても醜く見えるのは仕方がない。これでハイエルフが大した実力がない種族だったら、この場で殴り飛ばして喧嘩を売りに行っていたかも——いやいや、落ちつけ自分。ここはぐっと我慢の子だろうに。エルフの皆さんに迷惑はかけられん。たとえここが【円花】の世界という特殊な空間でも、その世界をぐちゃぐちゃにしたくはない。

「は、はい！　今すぐに！」

ハイエルフの命令に従い、すぐさま数人のエルフが案内を始めた。その行く先では、エルフの皆さんが常に頭を下げている。なんか歴史の授業で習った大名行列みたいな感じだなぁ。道行く大名と、道の端に立って頭を下げ続ける一般民衆みたいな。

なお、この大名行列が通過する前に何らかの理由で頭を上げてしまうと、すぐさま首が物理的に飛んだとかなんとか……ここでも下手に頭を上げたら、そうなりそうな気配がある。親と思われるエルフが、子供の顔を無理やり地面に向けさせて押さえつけるようにしていたし。

そんな状態で案内を受けたハイエルフ達は、ついに勇士と出会った。そして本にもあったあのセリフ、「天から現れた羽根を持つ美しきお方が、我らにこうお告げを下さった。『分不相応な剣をエルフから取り上げ、扱うのにふさわしいお前達が管理すべし』と。故に、貴様は我らにその魔剣を供出すべきである！」を、ハイエルフ達の一人が堂々と言い放った。

うっわー、ものすごく得意げな顔をしてるよ。今すぐハリセンであの頭をひっぱたいてやりたくなるくらいのどや顔ってやつだ。

さて、このセリフが出てきた以上、もう時間はない。屋根の上や建物の隙間などを縫うようにして、できる限り《無名》（？）の射程内に収まるように近づく。

しかし、どんなに頑張っても八〇メートル以内に収まらない。かといってこれ以上前に出たら、〈隠蔽・改〉があっても誤魔化せない。せめてもう少し木の多い場所でやり取りを繰り広げてくれればよかったのに！

「そうだ、それでいい。貴様のような下賤な者にその剣は似合わん。安心しろ、今後は我らの管理のもとで使ってやる」

ああ、もう本当に時間がない。この後に、勇士に向かってあのハイエルフが剣を振り下ろすってのは分かっているんだ。その振り下ろすタイミングが、最初で最後、唯一の破壊のチャンスだと自分は見ている。

首を刎ねられるときじゃあまりにも狙いが付けにくいだろうし、首を刎ねた程度で魔剣が折れるというのも違和感を生じさせる可能性が高い。だが、これから振り下ろすタイミングは……地面に膝をついている勇士を斬るんだから、魔剣の切っ先が地面に当たる可能性がある。本にはそんな事までは書いていなかったから、あくまで可能性だが。

（――時間はない。〈隠蔽・改〉を使っても危ない範疇に入るが、今は虎穴に入らずんば虎児を得ずの時。攻撃の準備に入ろう）

一番近づけたのは、ある民家の屋根上。距離としては間違いなく八〇メートルはあって、一〇〇メートルはない。《無名》（？）の全力を出せる距離ではないが、届くと信じて振るしかない。〈隠蔽・改〉を発動してから屋根の上に立ち、発動準備に入る。

（まさに一発勝負、外したら間違いなく終わり……だからこそ集中しなければ。一回とはいえ、チャンスがある事でよしとしなければ）

そう考えても、恐怖心は消し去れない。失敗したときにどう悪い方向に転ぶかなんて、いくらでも思いつく。でも、このまま何もしなければ勇士が殺される。

これが物語を読んでいるだけで、手が絶対に出せない、結末を変えようがない状況なら、それは仕方ないだろう。だが、今の自分には変えられる力がある——無論、それを変えないというのも一つの選択だ。ハイエルフ達が勇士を殺した後、自分達の居住地に帰る途中で不意を突いて剣を破壊するほうが、難度ははるかに低い。

でも、自分はそれをよしとしない。細かい理屈をこね続ける趣味もない。そんな勇士の最後をよしとしないから、今こうして《無名》（？）の構えを取っているのではないか。

自分が今こうしている理由をはっきりと自覚した途端、心が一気に落ち着いた。だが恐怖心が消えたわけではない。腹をくくれば、心を乱されるほどのものではなくなった。それだけ。

息を吸って吐いて、あの訓練場で学んだ呼吸法に体を合わせていく。静かに狙いをつけ、心を更に落ち着かせる。

「うむ、この輝きにこの鋭さ。天から現れた羽根を持つお方が、我々に管理すべしと言うだけの事はある。それだけに、今まで下賤な者に使われていたという汚点を、今のうちに処理しておかんとな」

この声が聞こえたのと、自分が動いたのはほぼ同時だっただろう。

剣を振るい終えた自分は、素早く屋根の上に伏せて様子を見る——少なくともこっちに意識を向けている存在はいなそうなので、自分の存在が盛大にバレたという事はなさそうか？
剣を持ったハイエルフがエルフの勇士に剣を振り下ろし、回避された事で、地面に剣先を強く叩きつける形となる。

「何をなさいますか⁉」

「黙れ、貴様の如き下賤の者がこのような素晴らしき剣を二〇〇〇年も勝手に使い続けたなど、立派な大罪だ！　見つけ次第、即座に我々ハイエルフに供出するのが筋というものであろうが！　そんな簡単な事すら理解せぬ下賤なエルフは、我らの手によって処刑されてしかるべきだろう！」

ん？　剣を持ったハイエルフの様子がおかしい。

と、その直後。魔剣の鍔（つば）近くから無数のヒビが入り、見事に折れた。何とか《無名》（?）は届いてくれたらしい。

「な、何だこのガラクタはっ⁉　見た目こそ良かったが、少し地面に当たっただけでこのような折れ方をするとは‼　魔剣とは名ばかりではないか！」

大声で喚きながら、魔剣の残った部分を地面に叩きつけるハイエルフ。その見苦しい姿を間近で見ていた勇士だったが……

「ですから私は、皆様にその剣を献上しなかったのです！　このようなガラクタをハイエルフの皆様に献上するなど、皆様を愚弄する事になります！　どうかご理解を！」

これはとっさに思い付いたんだな。嘘も方便。現に目の前で魔剣は折れたのだから、そういった言い訳も有効なわけか。

「ふん、なるほどな。確かにこのような剣は、ハイエルフたる我々が使うには力不足だ！　おそらくあのお方が言った剣はまた別の所にあるのだろう。周囲を確認した後に引きあげるぞ！　あのお方の言った剣を探し出すのだ！」

そう言うが早いか、勇士のほうは見向きもせずに歩き出すハイエルフ達。

この後しばらく彼らを追跡したが、結局該当する剣は見つからずに終わり、ハイエルフ達は「それらしい剣を見つけたら、すぐに我々に供出するのだ、いいな！！！」と大声で言い残して立ち去っていった。

——どうやら、今回の作戦は上手くいったと見ていいだろう。そう思い、ひと安心したところに……

「ちょっといいかな？　話したい事があるのだが」

と、自分に話しかけてくる声が。このとき、自分は大声を上げるのをかろうじて我慢した。

そして、声のしたほうにゆっくりと顔を向けると、そこには……殺される運命を回避したエルフの勇士が立っていたのだった。

15

「さあさあ入ってくれ。中には私の妻と娘しかいないから、楽にしてくれ」

勇士に発見されてしまった自分は、そのまま彼の家にまで案内されてしまった。逃げる事も考えたのだが、目的を達した以上、付き合ってみてもいいかなと思ったのだ。

「お邪魔いたします」

頭を少し下げて家の中に入った自分は、勇士の後ろをついていく。ふむ、この部屋や今まで見てきた家からして、エルフの家というものはこの頃からそう大きく変わっていないようだ。変わる必要がないのかもしれないな……森に囲まれて生きているエルフの村には、やはり木と共にあるような家が似合う。

「今帰ったぞ、客人もいるから軽い食べ物を持ってきてくれ！」

その勇士の言葉に対して、ハーイという女性の返答が聞こえてきた。この声の主が、おそらく勇士の奥さんなのだろう。部屋に通され、勇士と共に椅子に腰かけて待つ事しばし。紅茶の良い香りと共に、お盆を持ったエルフの女性が現れた。

「お帰りなさい、あなた。それと、ようこそいらっしゃいました。どうか、これで喉を湿(しめ)してくださいな」

そうして目の前に紅茶の入ったカップと軽食が置かれる。手を付けないのも何なので、「ありがたく頂戴します」と感謝の言葉を述べてから、まずは紅茶に手を付ける。

――うん、紅茶の良し悪しなんていちいち考える事はそうないが、この紅茶は美味しい。

「美味しいです、このような美味しいお茶を飲むのは久しぶりです」

自分の感想に、勇士と奥さんも気をよくしたようで、おかわりを勧めてくる。なのでここは遠慮せずに二杯目を受け取る。

「ところで、あなた。こちらの方はどういったお知り合いなのです？　こう、失礼なのは分かっていますが……家の中でもこのようなフードを被り続ける方というのはあまりいませんから」

紅茶を頂いて軽食を摘まみ、ひと呼吸置いたところで、席を同じくした勇士の奥さんからそんな言葉が飛んできた。まあ、無理もないか。怪しさ全開だからな。

「そうですね、失礼しました。ですが、このフードを取っても大声を上げられないよう、先にお願いいたします」

そうひと言断ってから、自分はそっとフードを外す。そうしてあらわになった自分の顔を見て、勇士の奥さんが一瞬息を呑むのが分かった。そんな奥さんの反応を手で制した勇士が、ゆっくりと口を開く。

「まさか人族だったとはな。まあ、それはいい。お前には私の命を救ってくれた恩がある。だから騒ぎ立てたりはしないさ。だが、いくつか教えてほしい。なぜわざわざこんな場所にやってきたのだ？　一部の例外を除き、我らエルフは外部の人種とは基本的に関わらない。それどころか排斥する面すらある。もし村の誰かに見つかれば、お前は侵入者として殺されていた可能性が高い。それともう一つ、なぜ私の命を救ったのだ？」

ま、隠すような事じゃないからいいか。この勇士の問いかけに答えるとしよう。もちろん全ての真実を語るとおかしな事になるから、ある程度はそれっぽい事を言うだけになるんだけど。

「確かに私は人族です。ですが、過去にこの森の外で、あるエルフの女性にお世話になった事があります。なので、こちらが勝手にエルフの皆様には恩義を感じています。今回、最悪殺される可能性がある事を理解しながらもここにやってきたのは、エルフの村にハイエルフの連中が何かちょっかいをかけるという情報を偶然ながら耳にしたからです。そこで、もしかしたら何か手助けができるのではないか、と」

嘘でもあるが、本当でもある。やってきたのは本を読んだからであるため、情報を偶然掴んだからじゃない。だが、かつてエルフのエルから受けた恩義を忘れていないので、その点は本当の事だ。

「そして、もう一つ。私はハイエルフが大嫌いです。その理由は、私が恩義を受けたそのエルフの方をハイエルフが傷つけたからです。あなたを救ったのも、半分は理不尽に対しての怒り。もう一つはハイエルフが気に食わないから、何が何でも妨害してやろうという心境からです」

この自分の返答を聞いた勇士はクックックと笑い始め、やがてその声は大きくなっていった。

「はっはっは！　そうかそうか！　ハイエルフが気に食わないか！　分かる、よく分かるぞその気持ちは！　あの連中は確かに力はあるが、傲慢に過ぎる！　自分達こそがこの世を支配するべきなのだなどという妄想すら、持っている可能性もある！　我らエルフの中でも、ハイエルフの連中を嫌う者は数多い！　なあ、お前もそう思うだろう！」

　勇士の言葉に、奥さんも「ええ、私もあの連中は大嫌いです！」と同意する。しかし、その顔は笑っていなかった。

「それはそうとしてあなた、今とんでもない言葉が行き交いませんでしたか？　あなたの命を救ってもらったという言葉、それと先程のこちらのお方の言葉から想像するに、ハイエルフの連中があなたを殺そうとしたと聞こえたのですが？」

　まあ、よっぽど鈍感じゃなきゃそこに気がつくよな。勇士がちょっと前にあった出来事を説明すると、奥さんの顔が般若の面のように変わった。美人がそんな表情へと変わるから、ちょっとびっくりした。

「なんて事！　そんな剣一本のためだけに……本当に、ハイエルフの連中はどこまで自己中心的なクズなのでしょうか！　そしてそんな窮地から我が夫を救ってくださった恩人に、大変失礼なお言葉を……申し訳ございません！」

　そう言って自分に頭を下げる勇士の奥さんに、気にしなくていいですよと伝えておく。恩を押し付けるつもりはない、個人的な感情でやっただけなのだから。

そして、自分の返事で落ち着きを取り戻したのか、般若の面が元の美人さんへと戻る。

「そうだ、こちらからも一つ質問を。なぜ、私の事を見つける事ができたのですか？　一応、それなりの隠密術は身につけていたつもりだったのですが」

と、自分からも疑問を投げかけてみた。すると、それに対して勇士は――

「ああ、大した隠密術だったと思うぞ。ハイエルフの連中もだが、あの場にいたほぼ全員がお前には気がついていなかっただろうな。だが、私はお前が攻撃をした一瞬だけ、気配を捉える事ができたんだよ。一回気配を捉えてしまえば、その後再び気配を消されても見失わないくらいの探知能力が私にはある。だから一応、あとをつけていたんだ。何かやらかされたら困るからな」

この返事の内容に、自分は顔をしかめた。そんな能力を持つ人がいるのか……ゲームにもよくあるハイドやステルスってのは、何も姿を見えなくするだけじゃなくて、ついそこにあった自分の存在を誤魔化す事も目的の一つ。要は、モンスターからの追跡を振り切る手段としても使う。

ゲームによっては、一度見つかってしまうと、とことんねちっこく追いかけてくる厄介な敵がいる事がある。こういった敵への対抗策として、姿を隠し、気配を殺す事でその追跡を振り切るのだ。

しかし今の勇士の話から察するに、自分は一度見つかってしまうと、その相手からの追跡を振り切る事が難しいようだと分かってしまった。これは何とかしないといけない問題点だ。

「こうして家に招いてみた今となっては、安心しているよ。騒ぎを起こすつもりはなかったのだと、なんとなく理解できたからな。おそらく、こうして私に呼ばれなかったら、そのまま村から出ていくつもりだったのだろう？」

　これに自分はすぐに頷く。この時代のエルフの人に見つかったら騒がしい事になるというのは、簡単に予想がつく話だ。せっかく勇士を助けたのに、その後ひと騒動を起こして迷惑をかけてしまったら格好がつかない。

「恩人の生まれ故郷に、要らぬ混乱を呼び込みたくありませんから。そんな事をしたら、私はどんな悪党ですかって話になります」

　まあ、この村どころかこの時代から見て、自分は異物。そんな異物は、混乱も騒ぎも起こさないうちに、できるだけひっそりと用事を済ませて失礼するべきなのだ。今までの世界でも、全ては必要だったからやった事であり、必要がなければ、戦う事だけでなくあらゆる人との関わりを回避したほうがよいのだろう。

「――人族は欲深で、エルフを見れば奴隷にする事を真っ先に考える悪党だ、などと長老達は言いますが……あなたのような人族もいるのですね」

　そんな言葉が、勇士の奥さんの口から出てきた。一応、ここは釘を刺しておくか。

「ああいや、その長老様の言う事は間違いってわけじゃありません。欲深な者は確かに多いですし、エルフの奴隷が欲しいなんて公言する馬鹿どもがそれなりにいるのは事実です。ただ、皆が皆そうではないというだけで。エルフの皆様の中にも、森の生活に飽きたからと言って外に出ていく方がたまにいる、みたいな感じで」

まあ、エルフの奴隷というより嫁が欲しい、ってほうが正しいんだろうけどな。そんな言葉がこの時代のエルフの方々に通じるか分からなかったので、奴隷という言い方にさせていただいた。実際、欲深な人間ってのはいつの時代でもその辺にごろごろ転がってるんだから、こちらは言葉そのままの意味で通るけれども。

「人族の方ですらそういう言い方をせざるを得ないほど、外には愚かな者が多いという事ですか。やはり、エルフは森の中で森と共に生きるべきなのですね。娘も外を見に行きたいと言っているのですが、やはり何としても説得しなければ」

そのほうがいいだろうねえ。「ワンモア」の時代ならだいぶ開かれているけど、この時代の人族がどういう連中かは分からない。下手な事を無責任に言うものじゃない。

さてと、そろそろか。話をしている最中に、もうすぐこの世界から退場するって感覚がやってきていた。

「さて、私はもう失礼いたします。美味しいお茶に軽食、ありがとうございました」

自分がこう切り出すと、勇士は「おいおい、じきに日が暮れるぞ。今日ぐらい泊まっていけばいいだろう？」と言ってくれた。が、そうなると家の中で交流しているうちに退場する形になるので、それは回避したい。行くべき所があるので、というひと言で押し切って、勇士の家を後にする。

そのまま、夕暮れ時で家路を急ぐエルフの皆さんに見つからないように注意しながら、村を後にしてしばらくすると時間切れとなり、自分の意識は闇の中へ溶けていった——

◆　◆　◆

意識が戻ると、そこは間違いなく今のエルフの村で借りた宿屋の一室だった。今回も何とか、無事に終わったらしい。

（さてと、それでは早速、恒例となった【円花】のチェックのお時間ですよっと）

今度はどういった新しい力が発現するのか……わくわくしながら能力を確認すると、一つのパッシブスキルが付与された以外の変化はなし。そして、その追加されたパッシブスキルの詳細は……

INFO

《克己（こっき）》

【円花】の使い手が追いつめられて苦しい状況に陥れば陥るほど、魔剣の能力が上昇する。使い手のステータスもこれに影響を受け、一時的に全ステータスがやや上昇する。また、このスキルがないと、特定のアーツを本来の力で発動させる事ができない。

説明はこれだけ。おそらくこのスキルがないと本来の力で発動できないとされるアーツとは、

《霜点》と《無名》の事だろう。

しかし、アーツを放つのに前提となるパッシブスキルがないとダメとは。しかも、なんとなくなんだけど、まだ今の状態では本来の力では発動できないと【円花】が言っているような気がするんだよなぁ。

おそらくダークエルフのほうの【円花】の世界も終わらせる事で、やっと本来の力で放てるようになるんだろう。

（ま、おそらく次で最後だろう。世界を巡って【円花】の記憶が残っていそうなのは、ダークエルフの領域しかない。海とかサハギン族のエリアは、人によっては絶対に行けないから、範囲に入っているとは思えない。今日は師匠に挨拶した後で、ダークエルフの領域に移動かな。そして色々と調べ物をして、明日ダークエルフの領域における【円花】の世界に入って全部終わり。それでついに、地底世界に向けての準備が始められる）

そう計画を立てて身を起こし、身支度を整える。装備を身に纏ってアクアを定位置の頭に乗せ、宿屋を出発。そうして師匠の家へと挨拶に向かい、これからダークエルフの街に行く事を告げたところ――

「え、今日、今から？　うーん、無理に引き留めるつもりはないけど……今のダークエルフの街は思いっきり混雑していると思うよ？」

なんて言葉が、師匠の口から出てきた。一応理由を聞いてみますか。

「どうして混雑しているのか、その理由を教えていただけないでしょうか？」

「ああうん、なんでもダークエルフの長の子供の一人が今度結婚するそうなのよ。で、長の子供の結婚だから、当然それなりに祝いの形を整えないといけないって事ね」

――長老の子供の一人が行う結婚式ですか。そりゃ街全体が大忙しになるのも無理はない。

「そうですか。そうなると、今はあまり部外者がダークエルフの街に行くべきではない、という事でしょうか？」

こんなタイミングで、まさか結婚式だとは。いや、おめでたいけどね。でもこちらとしては困った話でもある。

「いえ、他の国の人でも、大騒ぎさえしなければ別に問題はないって話よ。でも、やはり混雑は避けられないでしょうし、それにアース君の望む魔剣に関する調べ物なんかは、とてもじゃないけどできないでしょうね。何せダークエルフの書物は、ほとんどがエルフと同じで長老の家に収められているから」

あっちゃー、これはとても困ったぞ。その結婚式がどれぐらい長いかは分からないが、終わるまでは完全に足止めを食らってしまう。それだけ、地底世界への冒険の準備が遅れてしまう。

「そうですか、困ったな。地底世界への扉が開く前に終わらせておきたいのに」

とはいっても、それは自分の都合に過ぎない。世界の都合を自分の都合で捻じ曲げるのはよろしくない、なんてのは言うまでもなく。

さてどうしたものか。うーん、長老の子供といえば、ライナさんにゼイ、ザウとは面識があるけど、この三人も結婚式で準備に追われている可能性が高い。メイド屋敷のご主人もきっと立て込んでいるだろうから、こちらも会えるとは思えない。かといって、いつ終わるか分からない結婚式の終了を何もせず待つのもなぁ。

「――行くだけ行ってみたら？　ここで考えていても何も始まらないわ。行ってみて、様子を見て、それからどうすればいいかを考えればいいんじゃないかしら？」

それもそうか。ここでうんうん唸っていてもしょうがない。行動してみて、どうにもならなかったらこっちに帰ってきたって構わないんだし。その後、地底世界へ向かう準備を先に進めるよう、順番を逆にしてもいい。よし、とりあえず一度ダークエルフの街に行ってみるか。

「そうですね、行くだけ行ってみて、それから考えたほうがこれからの動き方を決めやすそうです。今から向かえば、日暮れ前にはダークエルフの街に入れそうですし……早速動く事にします」

師匠に行ってきますと告げて出発し、久々に、キーン族のとらちゃんと再会。アクアを交えてスキンシップでモフモフした後、森を案内してもらってダークエルフの街に到着。

今回、森に現れるモンスターはなぜか常に自分と一定距離を保ち、襲いかかってくる事がなかった。そのおかげでスムーズに森の中を渡り切れた。なんでだろう？　ま、いいか。時間をかけずに済んだのはありがたいってね。そうしてやってきた街は――

（街の外からして花だらけじゃないですか。やっぱりトップの血筋が結婚するってのは、それなりじる。

の規模になるよなぁ）

普段はいない、街へ入る人をチェックする係のダークエルフさんのＯＫが出てから、ようやく街中へ。街中も花がてんこ盛りで賑やか。特に女性陣が盛り上がっているようで、浮かれた空気を感じる。

さてと、とりあえずは宿屋を探すか。見つかるといいのだが——見つからなければ、アクアに寝袋になってもらうしかない。

と、先にとらちゃんを所定の場所に預けないと。もう一度軽いスキンシップをした後に、とらちゃんとはいったん別れた。

そうして宿屋を探し始めると、意外にあっさり空きが見つかった。今回の結婚の一件でダークエルフの街に来る予定をキャンセルする人が多かったようで、空きはそれなりにあるというのが、宿屋のご主人のお言葉。

なんにせよ寝床が確保できたので、ここからは情報集めを始めよう。本が読めなくても、何かしら魔剣に関する口伝(くでん)を知っている人がいる可能性に賭ける。

そうして宿屋を後にして——見事に惨敗した。

（詳しい話は長老の家にある本を見たほうがいい、と見事に言われてしまったなぁ。しかし、長老の家か……以前入った事があるが、今行ったところで門前払いされるのは目に見えている。実際、結婚式直前の忙しいときに、関係ない理由でのほほんとやってきた人を見れば、向こうがイラッとするのは言うまでもないわけで。しかし、本を読むとまではいかなくとも、何かしらの情報を仕入れられないと困るわけで……うーむ)

ベンチに腰かけて腕を組み、これからどうするかを考える。

と、そのとき。懐かしい声に呼びかけられた。

「お、おお？　もしかしてそこにいるのはアースじゃないか？　外套とかが変わってるけどよ……」

顔を上げると、そこには以前一緒に戦った、両手剣使いのダークエルフのゼイがいた。だが、その服装はやや乱雑だった以前のものとはうって変わって、ずいぶん整った服になっている。少なくとも、戦士の外見ではない。お偉いさんの外見だと言われればしっくりくるが。

「もしかして、ゼイか!?　いったいどうしたんだよその恰好？　以前とは比べようがないほどに奇麗になっちまって。何があったんだよ？」

そんな風に軽い気持ちで問いかけた自分は、向こうの返事に口をぽっかり開ける事となった……なんと、今回の結婚式。新郎はゼイだというのである。

16

「それにしても、まさかゼイが結婚とはなぁ」

ついついそんな言葉が口から出てくる。もちろん、ゼイが結婚するのが気に食わないわけではない。PTを組んでいたときのイメージでは、両手剣を手に大暴れする姿が一番生き生きとしていただけに、少しだけ不思議に感じてしまったのだ。

「いや、あのな。聞いてくれよアース」

と、ゼイから結婚に至った経緯を聞かされた。といっても長い話ではない。

彼は、両親を含む大勢の人から、もう少し落ち着きを持て、と常々言われていたらしい。が、ゼイはそんな周囲の声を適当に受け流し、両手剣を振るって狩りを楽しむ、落ち着きとは無縁の生活を相変わらず送っていた。

そんなゼイに対し、とうとう母親が強硬手段をとった。それは、自分達の言葉で言うなら『お見合い』の四文字が最も適切だろう。

事前の説明は一切なくその場に連れていかれ、ゼイは一人のダークエルフの女性とお見合いをした。もっともゼイ本人にとっては、食事をしながらちょっと雑談を交わした、という認識でしかなかったらしいが。

しかし、この雑談が思いのほか弾み、そのお見合い相手の女性に気に入られたようだ。

そこからはもうゼイの知らないところであらゆる準備が整えられ、少し前の朝ご飯の席で何の前触れもなく、母親から『あの子を伴侶としなさい』と一方的に告げられたとの事。

全てを知ったゼイが話を断ろうにも、相手の女性が持つ必殺技、《上目遣いで涙を目に浮かべながら『私の事、お嫌いですか？』と呟く》が発動。この必殺技を食らったゼイはあえなくノックアウト、結婚が確定した――って事らしい。

「いや、別にアイツが悪いわけじゃない。悪いのはこっちの親だ。ともかくそんな形で、唐突に俺の結婚が決まっちまった。それで、普段からそれなりの恰好をしていないと花嫁に恥をかかせる、と周りに言われちまったら、何にも反論できねえ……俺は剣を振るっているほうがいいのによ、そういう事も難しくなっちまった」

ああ、もう周囲がグルなんだから、本人が一人で何を言っても逆らえないよな。とにかく、ゼイが以前とは違った恰好をしている理由はよく分かった。

「んー、でもまあ仕方ないだろ。落ち着きを持てという忠告を無視して気の向くままに生活していたから、いよいよ最終手段にまでもっていかれたんだ。でも、結婚したからって今後一切剣を持ってはいけないわけではないんだろ？」

自分の質問に、ゼイは「ああ、そこはさすがにな」と呟く。

「しばらくは無理だろうが、少し経って落ち着いたら、また剣を握れるようになるさ。それに、アイツとは話が合ったって言っただろ？　あっちもそれなりの戦士なんだよ。で、結婚を仕組まれた理由も俺と大して変わらねえって聞いてる。つまり、似た者同士をくっつけて、両方同時に落ち着かせようって判断だったわけだ」

ふむ。両家にとって丁度いい物件同士だったのか。結婚の決め手になった上目遣いでの呟きってところからして可愛い系をイメージしたんだが、そういうわけではなさそうだな。

「ところで、アースはなぜここにいるんだ？　ああいや、いてはいけないって事じゃねえぞ？　世界中を歩き回っているはずの奴がなぜここに、っていう純粋な疑問だな。話した感じ、俺の結婚を知って駆けつけてきたわけじゃないようだしな」

この質問に、自分が「世界中にある魔剣の話を探している」と伝えたところ――

「へえ、それならちっとは協力できるかもな。普段は本なんて読まない俺だが、魔剣にまつわる話だけは好きでな。そういう物語を読みふけっていた時期があったんだわ」

それはありがたい。じゃあ早速、ダークエルフに伝わる魔剣の話を教えてもらうか。といっても今のゼイにはあまり時間がないだろうから、今日のところは大体のところだけでも話してくれるように頼んだのだが――

「ダークエルフに伝わる、片手剣かスネークソードの魔剣の話？　ちょっと待ってくれ……記憶にないな。ダークエルフで多いのは両手剣と槍の魔剣の話だ。杖も少しはある。だが、その二つに関する話は一つもなかったはず、だ」

このゼイの言葉に、自分は一瞬固まる。話が、ない？　そんなはずは……が、共にPTを組んで戦ったゼイが嘘を言うだろうか？　とてもそんな人物だとは思えないし、嘘をつく理由もないはず。

魔剣をよこせだなんて言ってるわけじゃなく、ただただそういった物語がないかと聞いただけの相手をわざわざ欺（あざむ）いてどうするんだ？　それがその世界の根源に関わるからよそ者には教えられないとかって理由でもあれば別だろうが、そんなスケールの大きな話でもない、はずだ。

「今日はまだ時間はあるか？　俺はそろそろ戻らなきゃいけないが、ザウに話をしてもらえるように思念を飛ばして頼んでおいた。アイツからも話を聞いてみてくれ、ザウは読書家だから、俺の知らない話を知っている可能性がある」

そうだな、一人に聞いただけで結論付けるのは早計というもの。焦り過ぎていた。

「時間は何とか。忙しいところに済まなかったな、ゼイ」

自分が礼を言うと、ゼイは「なに、こっちも気分転換ができて助かったぜ。またＰＴを組んで狩りに行こうぜ」との言葉を残して去っていった。

それからだいたい五分後。頭から降ろしたアクアを軽く撫でていたところに、ザウがやってきた。

「アース、久しぶりだな。ゼイから話は聞いた。魔剣について聞きたいそうだな」

自分はザウに挨拶を返した後、今は魔剣の話を聞きに世界を回っている事を改めて伝えた。もちろん、ダークエルフにとって秘匿すべき話を無理に聞き出したいわけではないので、そういう場合は話さなくていい、と前もって言っておく。

「ああ、その辺は問題ない。魔剣に関する秘密は別に一つもないからな。それに」

そこで言葉を区切ったザウが、その続きを自分の耳元でぼそりと言う。

（闇様の存在を知っているアースに、今更隠すべき事などほとんどないのだ）

そうしてザウは顔を離す。ああ、闇様の存在が一番のトップシークレットだよね。こっちも暴こうとしたわけじゃないんだけど、偶然ってのは怖ろしい。

「で、アースが求めるのは片手剣、もしくはスネークソードの魔剣についての話だったな」

ザウの確認に頷いて応える。

魔剣の話はここにもあるはずなんだ。ここがゴールになると踏んだからこそ、世界中を探す旅の中でダークエルフの領域を一番後回しにしたのだ。【円花】に出会い、そして過去を巡る旅を始めたここが、【円花】が捨てられていたここそが、ゴールに相応しいと。

「――ごちゃごちゃ長く話しても仕方ないから、結論から言うぞ？　ない。その二つの種類の魔剣の物語は、ダークエルフの中には伝わっていないのだ。エルフのほうについては、ここに来る前に調べたのだったな。ハイエルフのほうには、もしかしたら何らかの話があるかもしれない。でも、あいつらがそんな話を教えてくれるかどうか」

まさか、ゼイに続いてザウまでこう断言するとは。そして、ハイエルフのほうにはあるかもしれない、と言われてもなぁ。

「ハイエルフが、エルフでもダークエルフでもない自分にそんな話を教えてくれるとは思えないってのは、自分もザウと同意見だ。それに、あいつらの面は見たくない……」

執念深いと言われようが、エルを殺された一件は忘れられない。とてもじゃないが、あいつらと話をしようとは思い至れない。無論、こちらから血なまぐさい事を仕掛ける真似はしないが。

「そうか、まあハイエルフの領域には近寄らないのが一番だ。面倒事しか起きないからな。我々ダークエルフやエルフも基本的に近寄らん。定期連絡での細い繋がりがあるだけだ……この定期連絡役は一番のハズレ仕事とされていてな。なり手がいないから、誰を任命するかで毎回揉めるのだよ」

嫌われてるな、ハイエルフ。ひっそりと絶滅してても、誰も気にも留めないかもな。まあ、それはプライドをこじらせたツケって事で、自分にはどうでもいい。

しかし、ここまで来て魔剣の話が存在しないなんて……どうしよう。

そうして、自分は結論を出した。ここでいくら悩んでたって仕方ない。待てば海路の日和ありと、果報は寝て待て。地底世界への扉が開かれるまでまだひと月以上あるのだから、ここで多少足踏みしてもいいさと割り切る事にした。

なので、とりあえずゼイの結婚式が終わるまでは、食料やポーションの補充、アクア&とらちゃんとのスキンシップ、知り合いのダークエルフの男性陣と練習場で組手などをして過ごした。特に組手は、両手剣や槍などの両手持ち武器との戦いが多く、良い経験が積めたと思う。スキルのレベルアップは一切なかったけど、プレイヤーとしての実力は上がったはずだ。

その一方で、狩りに出るのは自粛した。これは自分だけではなく、他のプレイヤーやダークエルフの皆さんもだ。族長筋の結婚式が控えている以上、血の臭いを街に持ち込むべきではないという考えからだ。せっかくの雰囲気を血の臭いを漂わせてぶち壊せば、白い目で見られるだろう。

そんな感じで数日が過ぎ、ついにゼイと花嫁さんの結婚式、ならびに街中を一周するお披露目が無事に行われた。

　後からゼイに聞いた話では、族長筋が結婚するときはまず、巫女様を通じて闇様に結婚する事を報告。その後、巫女様の前で夫婦の契りを交わし、無事契りを交わしましたと家族全員に報告。そこから街に住む同胞にお披露目するため街中を一周する、という流れだったそうだ。当然一つひとつに時間がかかり、面倒だった、とゼイは言っていた。こういった式だと新郎は置物、新婦が主役ってのがお約束だしな。

　自分もお披露目を見に行った。花嫁は、ゼイよりやや身長が低いようだ。そしてリアルだとウェディングドレスは純白が多いが、こちらでは闇様に対する敬意を示すためか、漆黒のドレスだった。うっすらと下品ではない光沢があったので、高品質な布が使われているんだろうけど……

　個人的には違和感がすごかった。美しくないわけではない。ただ、ウェディングドレスが漆黒というのがね。個人的にはどうにも違和感を覚えてしまったな。

　花嫁の顔はよく見えなかった。レースのようなもので出来たヴェールを被っていたからだ。この式が終わるまでは、顔を晒してはいけない決まり事でもあるんだろう。ま、焦らなくても、ゼイと次に会ったときにでも紹介してくれるだろう。今は見えなくてもいいさ。

　という感じで、ちょっと離れた所からゼイと花嫁さんの姿を見届けて、この日はログアウト。この後もまだまだ式が続くようだけど、自分的にはゼイが無事に結婚した事が分かればよかったから、目的は達成している。

◆　◆　◆

ゼイの結婚を見届けた翌日のログイン。宿屋の窓から街の様子を窺ったところ、もう街は普段通りに動いており、すっかり落ち着きを取り戻していた。これならば長老宅に行ってみてもいいかな、と考えた自分は、早速行動を開始しようとした。

ところが、ここで自分に来客が。

「アース様ですね？　巫女様がお待ちになられております」

やってきたのは、ダークエルフの巫女さんに仕えている男性。なぜここが分かったか、なんて事は聞かない。おそらく闇様と呼ばれているあの存在が、自分の事を教えたんだろう。

それに、これは自分にとっても都合が良い。これからどうしようかと悩んでいたところに、向こうからお呼びがかかったのだ。乗らない選択肢はない。

「分かりました。では、よろしくお願いします」

そう頭を下げた後、例の社(やしろ)へと案内してもらう。多分だけど、ゼイの結婚式がなければすぐにこうやって迎えが来たんだろう。つまり、単純に自分のやってきたタイミングが悪かったという事になる――よかった、変に短気を起こして他の街に移動したりとかしなくて。時にはじっくりと待つ事もやはり大事。ことわざには従ってみるものだ。

「この先で、巫女様がお待ちになっております。どうかお静かにお願いします」

と、そんな事を考えているうちに、社の一室の前についた。ここから先は自分一人で入れ、か。

さてと、この呼び出しで【円花】に関する話が聞ければよいのだけれど。ゆっくりと襖（ふすま）状の扉を開けると、中には巫女様が一人。ここは、以前儀式の最中に闇様の居場所に通じている穴から、自分がこんにちはしてしまったときに通された部屋じゃないかな？　なんとなく見覚えがある。

「お待ちしておりました、突然の呼び出しにもかかわらずお越しいただいた事に感謝いたします。闇様からお告げがありました。アース様がこの街に滞在していらっしゃるので、最後の扉の入り方を伝え、もう一度闇様のもとへ向かわれるように伝えてほしい、との事でした」

あれ、巫女様を通じてきっかけをくれるのではなくて、直接の対面が必要なのか。まあ別にいいけど……【円花】のアーツがあれば、あの穴を上り下りする事はできる。

それにしても、最後の扉の入り方、と来たか。【円花】の世界に行くための方法を、扉と表現したんだろうが。

「分かりました、では今から向かってもよろしいでしょうか？」

自分の言葉に、「構いません、すでに用意はできております」と巫女様。巫女様と一緒に儀式の空間へと向かい、例の穴に一人で入る。そこから【円花】を伸ばしたり縮めたりしてゆっくりと慎重に下り続け、やがて闇様のもとへと到着した。

相変わらずここは真っ暗だな、《百里眼》があってもあんまりよく見えない。

「おう、呼び出して済まなかったのう。久しいの、若者よ。まずはお茶でもどうじゃ？」

そんな闇様の言葉と同時に、お付きの方がそそくさとお茶の準備をしてくれる。このお付きの人だけは、この闇の世界でも唯一はっきりと見える存在だ。用事が済むと、すぐさま下がってしまって見えなくなるのだが。

さて、出された物に手を付けないわけにはいかないし、ここまで来たら焦っても意味はない。出された茶を飲み、お茶請けを少し口にする。

「うむ、やはり地上で出来る茶は美味いの。さて、呼び出した理由じゃが。まあ分かっておろうな、お前に以前託した剣の事じゃ。その剣の苦しみや過去を改善して、本来剣に備わっていたにもかかわらず封じられていた力を、よくぞそこまで解放したものよ。そして、残りはあと一つ。その最後を解放すれば、その剣……【円花】は、本当の意味の魔剣となるじゃろ――そしてその最後の扉は、わしが厳重に封じておったのじゃ。何らかの理由で、万が一にも心無い者がその剣を手にしたとき、悲惨な事にならぬようにするための安全策としてな」

こんな所に誰も来るわけがない、なんて考え方はできないよねえ。現に自分が、トラブルが原因とはいえ、実際にやってきているのだから。それに、どれぐらい前の事かは分からないが、過去にもこの辺りにまでやってきた連中がいるって闇様が言っていた記憶もある。ならば、安全策の一つも用意しておくのは当たり前だろう。

「そして、お前の事も警戒しておった。ここから脱出するために渡したが、その後悪用するようならば、封印を解くつもりはなかったぞ。が、お前にそんな様子はなかったからの。そこで封印をいくらか緩めて、魔剣の世界を徐々に見られるようにしたのじゃよ。その後の行動も見続けて、お前ならば魔剣を悪用せぬ、悲しみを魔剣に重ねぬと判断した故に、今ここへ呼んだ。最後の封印を解き、魔剣の力を全て解き放つためにの」

悲しみを重ねぬ、か。

「やはり、あの魔剣の世界で見てきた事は、過去に本当にあった事件なのですね。そして【円花】が義も仁もない、外道な行いに使われ続けたという印……」

この自分の言葉に、頷くような仕草を見せる闇様。といっても霧の中にでっかいワームがいるようにぼんやり見えるだけなので、多分そうなんじゃないかなという推察だけど。

「【円花】を使ってきたお前なら分かるじゃろ。【円花】は強い。真っ向勝負も搦め手もできる上に、追加能力まで備えておる。そうなればどうしても、殺し殺されの世界に引きずり込まれるというものじゃ。無論、昔に限った話ではない。今の【円花】の力を知れば、何とか奪い取る手段を考える者共は多数いよう。それが世の中よ、悲しい事じゃがな」

そうだな、自分の魔剣の能力を公表する人は、まずいない。

「ワンモア」にはＰＫはいない。システムで禁止されているからだ。が、プレイヤーVS「ワンモア」世界の人なら、戦いが起こり得る。で、プレイヤーは負けて死んでもステータスダウンなどのペナルティを受けるだけで復活できるが……「ワンモア」世界の人は、やられてから五分間の蘇生時間内に復活できなければ完全死亡だ。で、完全死亡した「ワンモア」世界の人の装備はどうなるのかというと……どうも、ごく一部に限っては奪えるらしいのだ。そしてそのごく一部に魔剣は……含まれる。

つまり。「ワンモア」世界の人が『念願の○○○ソー○を手に入れたぞ！』なんて大声で宣言しようものなら、『殺してでも奪い（略）』という某有名ゲームのワンシーンのような状況が発生する。もちろん、殺しにかかるのはプレイヤーだけとは限らない。むしろ「ワンモア」世界の悪党が喜々として奪い取りにかかるだろう。だから、魔剣の情報は普通口外しない。それでもおそらくは自分の知らないところで、持ち主が転々としている魔剣はそれなりにあると思う。

「ま、もう完全に持ち主と一体化した【円花】には無用の心配じゃがな。では、そろそろ落ち着いてきたかの？　準備がよければ、最後の扉を開くからの、用意が整ったら言っておくれ」

さて、ついに【円花】の世界も最後か。最後の世界には何があるんだろうか？　事前情報が全くないが……きっと何とかなるさ。では、いざ出陣と参りましょう。

17

そうして目覚めた時、自分は草むらの上で寝ていた。ゆっくりと体を起こし、周囲を眺める。

「——なんだ、ここ？」

そこは、全ての草が黄金に輝いていた。光の加減とかではなく、草そのものが黄金の輝きを放っているのである。が、手で触れてみるとそれは確かに草であり、鉱石のような硬さはない。それに、触れてみた草以外も風になびいている。

（それはまあよしとして、だ。これはどこに行けばいいのだろう？）

周囲一面、黄金の草むら。《百里眼》を使って見渡しても、建物も木の一本も見つからない。この世界に関するヒントも一切ないし。と、今回の世界で使えるスキルを確認せねば——

そこで自分は固まった。ほぼ全てのスキルが使用禁止になっていたからだ。戦闘に関係するものをはじめ、移動に関するものも軒並み禁止。使えるのは《百里眼》〈蛇剣武術身体能力強化〉《危険察知》だけ。

（いったいこの世界は何なのだろうか？）

このスキルの禁止状態からして、戦いになる可能性は少ないはずだ。この場の雰囲気からして追いかけ回されるパターンもまずない。

次にアイテムを確認したが……アイテムボックスの中にあったのは、普通のパンが三つに、何の変哲もない水が入った三五〇ミリリットルサイズの透明な瓶が一本だけ。更に、この世界では【円花】を出す事すらできないようだ。とにかく、戦う手段は徹底して排除されている。

さて、本当にどうしたものか。何かの目印でもあればそちらに進んでみるのも悪くないのだが……そういったものも一切なく、行動の指針がない。かといって、じゃあここに胡坐をかいてただ待っているだけで何かが起こるとも考えづらい。

と、そのとき。《危険察知》に反応が。何かが一つ、こちらに向かってゆっくりと近づいてくる。

（敵意はなさそうだな。《危険察知》の反応に映っている点も、敵対を示す赤じゃないし。なら、接触するか）

胡坐を解いて立ち上がり、反応のあったほうに向かって歩き出す。お互いが近づき合っているので、遭遇するのに時間はかからない。

そうして自分の目に入ってきた存在の正体は、杖をつきながらこの黄金の草原を歩く、一人のご老人だった。長い髪は真っ白で、糸か何かで後ろでひとまとめにしている。服装はテレビアニメの昔話に出てきそうなつぎはぎで、派手さは欠片（かけら）もない。顔もしわくちゃで、相当な歳だという事を感じさせる。

「――この世界に人が来るのはいつ振りか。魔剣に導かれし迷い人よ。汝（なんじ）はなぜここに来たのだ？」

だというのに、その声はまるで二〇代後半のようにはきはきとしていた。むう、脳が理解を拒んでいる気がする。こういうご老人であるならばこういった声を出すだろう、という予測が大ハズレしたためだ。

が、頭を振って無理にでも納得する。常識など、この世界では通じないのだと。

「少々長くなりますが」

「構わぬ。話してほしい」

お互い立ったまま、自分は今まで【円花】の世界を旅してきた経験について語っていく。座るような気分にはなれなかったから。そうしてひと通り話し終えると――

「――ふむ。【円花】か。あれはそのような道をたどったのか。力ある武器を作り出したのは私だが、その力に溺れ、欲に取り付かれた者はそれだけ多いという事か。いや、私にもそれを批判する資格はないな。新しい武具を作れる、見た事のないような剣を打てると分かったとき、それを作りたいという欲に取り付かれて、後の事など考えもせずただひたすらに槌を振るったのだから」

をい。この目の前にいるご老人は、【円花】を作った鍛冶屋か。この世界でやるべき事が会話だから、今回の自分は戦闘能力が一切なかったのだろう。必要がないから持たせなかった、それだけの事か。

「だが。だがしかし、だ。打ち上げた剣に対して不幸になれと願った事などない。暗き使い方をされるがいいなどと考えた事はない！　打った剣が苦難を切り開く希望に成れと私は願った!!　良き巡り合いのもと、良き剣としてその名を遺せと祈った！！！　それが、それが斯様な道をたどろうとは……」

　感情の高ぶるままにご老人は叫び、杖を握る手の力を増し、そして最後に力なく息を吐き出した。

「長き時の末、縁を得て【円花】を握った者よ。頼まれてはくれぬか。【円花】が背負った悲しみ……特に重く残った『羽根持つ男』に関する一件。その一件に、幕を下ろしてほしい。無論、タダでとは言わぬ。【円花】の力、全てをお主に託す。そして、《霜点》と《無名》という名が付いた技の真の使い方も教えよう。頼む、我が子にこれだけの悲しみを背負わせたあの悪党を、天に頼らぬ人の力で誅してくれぬか？」

　ご老人からの提案に、自分は頷く。

「霜点殿と皐月殿の仇は、元から取ると決めておりました。ある方からは思いとどまるように諭されましたが、剣に眠っていた皐月殿の意識に叱咤された事もあり、引くつもりは欠片もありません」

　自分の言葉に、今度はご老人が頷く。

「頼む、このままでは我が子が何も成せぬ悲しみを抱えたまま消えていく事になる。そうならぬように、今我が娘の一人である【円花】の力を汝に伝える。心して身につけよ」

　そうしていくつかの動きを伝授された結果……まず、《霜点》の発動研究をしなくてよかった。このアーツは過去、【円花】の世界にて出会った霜点殿と同じ事をするアーツで、縦か横、一文字に相手を斬り捨てるというもの。それだけならすでに同じようなアーツがいっぱい存在するのだが……この《霜点》は、相手の防御能力を全て無視できるというメリットがある。そう、魔王様にもらったあの滅茶苦茶な性能で、レアリティがデミゴッズ級というふざけたあのマントの守りですら、フルパワーで発動すれば破る事ができる。

その代わり当然ながらデメリットも存在する。それは『最大ＨＰの永続減少』というものだ。《霜点》発動時に力を込めるのだが、その込めた分だけ最大ＨＰが永久に削られる。全力発動すれば、そのひと太刀だけでＨＰの50％が永続的に失われるという非常に大きなデメリットだ。

その代わり、力を込めた分だけ相手の防御力を無視した上、相手が防御力を強化すればその分まで与えるダメージに転化できる。霜点さんが羽根持つ男の見えない障壁を無効化して翼を叩き斬る事ができたのは、この特性によるのだろう。

もう一つのアーツである《無名》は、槍状態で発動しなければいけないアーツだった。発動すると、槍の穂先から幾つかの刃が一時的に分裂。相手を切り刻んだ後、動きを拘束する陣を張る。その無防備なところに槍を突き入れて仕上げとなる技だ。するとあの居合の技は、別物という事になる……謎は残るが、今は無視する。

「言うまでもないが、《霜点》は汝の命を永久に削る。それに、使い手がいるという事を羽根持つ男に知られるべきではない。故に、使うのは羽根持つ男と対峙し、奴の首を取れると確信した時のみにせよ。無駄撃ちすれば、事を成す前に汝の命が尽きる。それは、汝も望まぬだろう？」

この老人の言葉を聞いた後、急に周囲の景色が薄れ始めた。伝えるべき事を伝えた、というわけか。

あっさりとしたものだが、いちいち文句を言う筋合いもない。

あとは、目覚めを待つだけだ。

「――我が子を、頼む」

最後に、そんな言葉が聞こえたような聞こえなかったような――もう確かめようもないのだが。

そして、暗闇の中で目を覚ます。自分は椅子のような物に腰かけていた。おそらく、こっちの世界で自分が意識を失った後に、地面に寝っ転がる事がないように闇様のお付きの人がそうしてくれたんだろう。

「どうやら戻ったようじゃな。早速お前の剣の力を確認してみるがよい」

闇様の言葉に頷き、早速右手に【円花】を実体化させて、様子を確認してみる。

見た目は……変化ないかな？　いや、剣の刀身中央部分に二本のラインが通っている。そのラインに沿って、力が流れるような感じがする。それ以外に変わったところはないな。

では、次は性能だ。

【吸収魔剣・円花】↓【真同化】
魔剣が完全に所有者の右手と同化した最終形態。
どのような手段を用いても、二度と両者が分かたれる事はない。
効果：Ａｔｋ＋１００
　闇属性・闇属性抵抗反転　《霜点》を完全形で発動可能

ITEM

【真同化・槍】
槍形態になった【真同化】。攻撃力が上がり、【真同化】の中に眠る存在の力を借りられる。
効果：Ａｔｋ＋１５０
　闇属性・闇属性抵抗反転　《無名》を完全形で発動可能
　一部の槍アーツの発動が可能　一部の棒術アーツの発動が可能

当て字で、『真同化』と書いて『まどか』と読ませるらしい。
そして発現した新しい能力——まず『闇属性抵抗反転』というのは、闇属性抵抗力が高ければ高いほど、その抵抗力を逆転させるもののようだ。つまり、闇抵抗力が一〇〇％で通用しない相手に攻撃を当てると、逆に弱点として倍のダメージが刺さるようになる。

その代わり、相手の闇抵抗力がマイナスだと、かえって与えるダメージが減ってしまうのだが……この場合は最大でも半減らしく、ダメージゼロにはならない。攻撃自体は当たっているのだから、最低保証はあるようだ。

この属性に関する変更で使い易くなったかどうかは、使ってみないと何とも言えない。まあ、耐性マイナスモンスターって滅多にいないけど。

また、Ａｔｋの増大は純粋な強化点と言える。あと、《霜点》と《無名》のアーツがようやくまともな形で放てるようになったか。といっても、《霜点》は決戦用のアーツだから普段は使えない。《無名》のほうは人目のない所で何回か使ってみて、慣らしておこう。

アーツといえば、槍状態だと一部のアーツが使えるようになっていた。もっとも、使えるのは基本的なアーツだけだが……それでも戦いの幅が広がる。二回素早く突く《二双突き》や、タイミングを合わせて発動すると攻撃を逸らす事ができる《槍殺（そうさい）》（『相殺』とかけてるんだろう）などは便利だろう。また、棒術系アーツは槍から派生するものらしい。素早く払って相手を転ばせるとか横からの打撃でひるませるとか当てる場所によって効果が変わる《道撃》、棍を地面に突き立てて跳躍して上から思い切り振り下ろす不意打ちっぽい動きの《空戦棍》などがある。

最後に、【真同化・槍】にある一文、眠る存在の力、というのは、霜点さんと妹の皐月さんだろうか。皐月さんは以前に声をかけてきたから間違いないと思う。霜点さんも、無念を抱えている可能性は十分にあるから、こっちも候補に入る。他はちょっとはっきりしないが、今まで過去の世界を旅してきた中に、いてもおかしくなさそうだなって奴は思いつく。まあ、追々分かるだろう。

今チェックできるのはこんなところかね。

「これが、【真同化】の本来の力か……」

自分の呟きに、闇様がかすかに首を横に振った。

「いや、すでに本来の力からは逸脱しておるようだ。特に、槍になる力など本来はなかった力じゃな。しかし、【真同化】の経験と剣の中にあるいくつかの魂の残滓が、そのような変化をもたらしたようじゃ――ひと口に魔剣と言っても、どのような剣生を送るかによってその力は左右される。姉妹剣と言ってもいいほど同じ姿でこの世界に生を受けても、持ち主に恵まれた剣生を送るものもいる。【真同化】のような波乱の剣生を送るものもいれば、時を経れば全く別の魔剣になる事もあり得るぞ。【真同化】はその典型例と言えるだろう」

人と同じように、剣にも歴史は宿るか。特に魔剣は、人より長い時間を生きるからこそ、このような変化、変貌もあり得ると。

うーん、その辺はリアルの聖剣、魔剣にもありそうだな。有名な剣といえば、例えばエクスカリバーだろう。このエクスカリバー一つとっても、作品や担い手によってその姿や力は様々。複数の相手を一刀両断、特定の敵に特効、ビームを放つ、などなど特性は多様である。【真同化】の変化も、そういった感じの違いなんだろう。

「そうですか──どちらにせよ、私に使われてよかったと【真同化】に思ってもらえるようにしたいですね。【真同化】が悲しむ扱い方はするべきではない、か」

剣の中で眠っているであろう過去の英雄達に顔向けできないような行動もとらない。それが、この剣、【円花】改め【真同化】を振るう人間としての義務だと考える。

あとは、仇討ちを成す事か。霜点さん兄妹を死に追いやり、あちこちで悪さをして被害を広げやがった『羽根持つ男』。そいつ自身はすでに寿命を迎えているかもしれないが、その子孫達があいつと変わらぬ思考のもと、今も動いている可能性は否定できない。もちろん、そんな愚かな真似をもうやめていれば、斬る必要はないのだが……続けているなら、躊躇わずに斬る。

「うむ、そうしてほしい。武器とは護るためにある。力無き者や日々精いっぱいの努力をしながら生きている者達を傷つけるために、存在しているわけではないはずなのだ。だが、武器をはじめ道具は扱う者の善悪によってその姿を変えてしまう。それは、十分に見てきたであろう？」

ええ、それはもうしっかりと。【円花】の世界に限った事じゃない。そう、「ワンモア」に限った事でもない。田中大地として生きている現実で、そんなものは山と見てきた。

悲しい事だが、殺人事件は日本だろうが世界だろうがどこでも発生する。で、その凶器は何か？もちろん銃や刃物が使われる事もあるけれど……意外な物、普段誰もが何気なく生活に使っている道具がそうなる事もあるのだから。

「はい、それは痛いほどよく。そのような唾棄すべき状況にならぬよう、今後も気を引き締めていきます」

自分の返答に、闇様もゆっくりと頷いた。【円花】の世界で見た様々な結末。そうして生まれたトラウマにせっかく対処してきたのに、自分の行動で新しいトラウマを背負わせるわけにはいかない。それは〈義賊頭〉としてもそうだ。欲だけに溺れた行いは義のない行動そのものであり、それは自分自身として嫌だし、間違いなく部下は離れていく。決してそんな事はするものか。

「うむ、そうしてほしい。これで呼び出した用事は終わりじゃが、何かお前から頼みなどはあるか？　できる範囲でなら応えてやるが、どうじゃ？」

頼みか。これと言って……うーん。

「特には……ただ、闇様はもしかして――いや、やっぱりいいです。なんでもありません」

【円花】を作ったというご老人。もしかしてあの鍛冶屋こそが闇様の元の姿なのでは――と聞こうとしたが、やめた。そうだったとしても、そうでなかったとしても、なんとなく聞くべき事ではないと直感したのだ。それに、そもそも他者の過去を根掘り葉掘りってのは好ましくない。

「なんじゃ、言いかけてやめるとは気になるではないか……何でも構わぬのだが、まあお前がいいと言うのであれば、無理に聞き出すつもりはない。お前に嫌われたくはないからのう」

そんな事を言いながら、クックッと笑う闇様。

ま、とにかくこれで【円花】の過去を巡る旅はお終いだな。ここからは、地底世界に向けた色々な準備を進めていこう。

18

闇様のもとを後にした自分は、それからしばらくの間、生産活動に勤しんだ。何せ次は地底世界だから、大幅な環境の変化がある事は言うまでもなく……事前に色々と備えておく必要がある。

なので、各種ポーションや矢を大量に生産。以前龍の国の老薬師から貰った薬草がこれでほぼ底をついた。次にポーションを自作するときは、効果が落ちる栽培型の薬草を買うしかないな。

矢のほうは、鏃（やじり）を鉄からグリンド鋼に変更した。

以前は需要が高く、とてもじゃないが使い捨てとなる矢の鏃にはできなかったグリンド鋼だが、現在はそれ以上の品質を誇る素材がごろごろしている。

そして鏃の材質変更により――

【鉄の矢】
効果：Atk＋7

これが、

【グリンドの矢】
効果：Atk＋22

と、大きく攻撃力がパワーアップした。他の矢も同様に、グリンド鋼の鏃に変えた事でAtkの値が15ずつ増えている。ただ、頑丈過ぎて破裂が必要な【試作型爆裂矢】は機能せず、これだけは今まで通り鉄製のまま。

製作が面倒な分だけ攻撃力が高かった【ツイスターアロー】は、Atkが30台に乗っている。ここまで上がると、ちょっとした剣が矢の形をとってふっ飛んでいくようなものだ。この矢なら、ある程度硬い相手でもそれなりに通用すると思いたい。

当然、こう色々と物を作っていれば、スキルのレベルも上がる上がる。数週間かけて生産作業をしていたので、〈薬剤の経験者〉が25、〈鍛冶の経験者〉は13もレベルアップ。ついでに〈技量の指〉も3ほど上がっていた。

そして、地底世界への扉が開かれるのがあと一週間ちょっとというところまで迫ってきている。そんな中、自分が夢中になってやっているのは、次の弓の設計図を描く事。

次の弓は、久々のX弓復活を目指す。そして、ただ復活させるだけではなく、以前獣人連合で今は亡き占い師さんに言われた、尖端が八つに枝分かれした弓という設計も盛り込む予定だ。が、さすがにX弓に更にXを重ねた形にすると、持ちづらくなるであろう事は簡単に予想できる。

だから、X弓の四つの頂点の先を更に二つに分ける事で、八つとする。形式上、弦は四本も張る事になるので、生半可な筋力では引けないと予想できるが……今の自分は、かつてX弓を使っていたときの自分とは違う。きっと、多分、大丈夫だと思う。

そんな新しいX弓の設計図を、ああでもないこうでもないと悩んでいた自分のところに、二つの連絡が入った。

一つは小人リーダーから。

以前獣人連合で戦ったラウガという奴がいた。そいつが暴走するきっかけとなった病気に乗じた詐欺犯罪者の中に、まだ生き延びている連中がいた。そいつらの事を見張らせるついでに、過去の犯罪について調べさせていたんだが……最近別の罪を犯して逮捕、処刑されたとの話だった。

「色々探っても、これといってしょっ引くための証拠集めは進んでいなかったんですがね……奴らの根っこは変わっていなかったようで。上手くいった過去を思い出したのか、再び詐欺に走ったんでしょうかねぇ。なんにせよ、実に馬鹿な連中でさ……まあ、ラウガの奴も、連中が裁かれて少しはあの世で気が紛れたかもしれやせん」

とは小人リーダーの言。なんというかまあ、悪党が心を入れ替えて真面目に生きるって話は、そうそうないって事なのかねえ？　ちなみに今回やったのは、薬の誤魔化しだったらしい。で、それは効果のない、もしくはあまり効かない薬を特効薬として売り出していたそうで、悪質に過ぎるという事で一発アウト。余罪を調べられた上で容赦なく処刑という形になったそうな。

まさか、ラウガが死亡した事で気が緩みでもしたのか？　まぁ、もうそれを調べる術もないし、どうでもいい。

「それと親分、あっしらは故あって地底には行く事ができやせん。どうかご理解のほどを……」

小人リーダーからは更にそんな事を言われた。地底で何かあっても小人リーダー達を頼れないか。まあ仕方がない……行けないと言う者を無理やり引っ張っていくつもりはない。なので、報告を終えて立ち去る小人リーダーには、引き続き地上での活動を命じておいた。

そしてもう一つのほうだが、それは地底世界への扉が開く三日前の事。

「魔王様がお呼びになられております。お忙しい時期であるとは理解しておりますが、どうか足を運んでいただきたく……重要なお話があるとの事ですので」

魔族の方がわざわざファストの街まで足を運んできてそう言われては、仕方がない。それに重要な話があるとの言葉も気になるので、再び魔王領へ。魔族の皆さんが駆る専用の馬車で高速移動できたので、アクアを酷使せずに済んだのは助かった。

そして魔王城に到着後、顔パスで魔王城内に入り、魔王様の執務室で対面と相成った。スムーズにここまで来られたのだから、事前に話が通っていたんだろう。

「お忙しい中、お呼び立てして申し訳ありません。ですが、以前アース様が仰られた過去の件を調べていたところ、とんでもないものが出てきましたので、どうしてもここまで来ていただく必要がありました。とにかく、これをご覧ください」

魔王様がそう言って差し出してきたのは、古い一通の手紙。ご覧くださいと言うのだから、中を見てもいいのだろう。ゆっくりと手紙を開くと、そこには——

『これを読む魔王よ、過去の魔王からどうしても伝えておかねばならぬ事がある。

空から来る羽根を持つ連中は、外見だけは天使ながら、その中身は外道である。決して心を許すな。

私は、情けない事に連中の罠にかかった。魔王になりたかった私は、魔王に相応しい力を得る事ができると言う奴らの言葉通りに、奴らが持ってきたある腕輪を身につけた。その腕輪をつけてから、私はそれまでは考えられないほどの急成長を成し、他の魔王候補者を下して魔王の座に就いた。

しかし、奴らの真の計画は、魔王の座に就いた私を操り、他の国に攻撃を仕掛けてその姿を楽しむという悪意に染まったものであった』

ここでちらりと魔王様のほうを見ると、「この手紙が書かれたのは、以前アース様が見つけたと仰られた、二人の魔王候補の対決から民の反乱が起きた時代の少し前。あの時代の魔王だった方の手紙であるとの調査報告が届いています」との補足が。

あの【円花】の世界で戦った箒頭がいた時代の少し前の話か。あのときは当時の魔王様がいなくなったから、次の魔王の座を懸けて候補者の二人が決闘する事になったんだが、そうなった理由がこの手紙に記されているのか。

『魔王になったとき、夢のような所でお姿を見せられた初代魔王様から、私は厳しい叱責を受けた。だが、そのときに初代様から頂いた私の《デモンズ・ジャッジ》……精神を操作し、精神汚染に抵抗できる能力で、腕輪を媒介とした奴らの洗脳に抵抗を続けつつ、次代の魔王を必死で育てた。

候補は数人まで絞られたが、最終的に残るのは二人だろう。片方があからさまに戦いを好む性質なのは懸念材料だが、もう一人が上手く立ち回ってくれる事を祈るしかない。

私が奴らの洗脳に抵抗し、己を維持できる時間はもうほとんど残っていない』

この辺りから、筆跡に乱れが見受けられる。あと、赤茶けた小さいシミも幾つか見受けられる。

おそらくは、血。

『私は自分一人の力で、天から来る羽根を持つ連中と戦いに出た。他の者を連れていけば、洗脳されるだけだと分かっていたからだ。その戦いで、羽根を持つ連中の半分以上に重傷を負わせた。しかし、奴らの長と思われる奴には手も足も出なかった。私のあらゆる魔法は奴の見えない膜に阻まれ、《デモンズ・ジャッジ》まで無力化された。奴らは私をあっさりと殺さず、嬲って楽しんでいる事がよく分かった。やがて飽（あ）いたのか、私をある大きな穴に投げ捨てて立ち去っていった。おそらく、この穴の下に私の体が到達した時、私は生きてはいないだろう。奴らは最後まで、私を玩具にしたのだ……すぐには殺さず、最後まで恐怖心を植え付けたかったのだ』

指に力が入り過ぎて、手紙を握り潰さないように自制するのが大変だ。

『これを読む魔王よ、決して奴らの渡す装飾品を身に纏ってはいけない。

どんなに精神攻撃に対する防御が上手い者であっても、いつかは奴らの操り人形か玩具にされる運命をたどる事になる。その事を警告するために、私は残った力の一部でこの手紙を書き残す。

そしてもう一つ伝えるべき事がある。

地底世界で、私の亡骸を探すのだ。

この手紙を書き終えた後に残った魔力の全てを注ぎ、私は私の亡骸をある物に変換する。そう、奴らの直接洗脳に対抗する事ができる特殊な性質を持つ金属へと変える。それを見つけ、装飾品を作るのだ。

支配されぬよう、次こそは多くの戦士達と共に戦って勝つためにこの手紙を残した。必要な時に姿を見せる魔法をかけて』

更に筆跡に乱れが見られるようになってくる。何とか読み取れるが――

『この手紙を読んだ魔王よ、おそらく羽根を持つ連中は近いうちに、再び魔王領に何かの策略を仕掛けに来る。この手紙がそこにある事が、その前兆なのだ。

一刻も早く備えよ。地底のどこかで金属へと姿を変えた我が体を探して装飾品を作り、多くの戦士に身につけさせるのだ！　そして、この地上に住む多くの命を守るのだ！

奴らの長の能力を暴けなかった上に、私の不始末を後の世に押し付けてしまう事は謝罪するしかないが、今の私にできる事は、これが精一杯だった』

この辺はもう気力だけで殴りつけるように書いたんだろう。字からそれが伝わってくる。

『奴らは強い。洗脳も厄介だが、純粋な戦闘力もある。

後の世に生まれた魔王と、戦士よ……我が無念を繰り返すな。我が命を糧として、かの者を討て。

そうしなければ、この世界はいずれや――っ――』

手紙はここで終わっている。ついに気力が尽きたんだろう。

手紙を読み終わった自分を見て、魔王様がこう告げてきた。

「アース様、お願いします。この時代の魔王様の亡骸はきっと未だに地底世界で、見つけてくれる魔王がやってくるそのときを待っています。探していただけませんか？」

その申し出に、自分は頷く。やるべき事が、また一つ増えたな。

洗脳攻撃か……プレイヤーには効かない、などという都合のいい事はないだろう。

だから敵に回ったら厳しすぎるツヴァイやグラッド達に、この過去の魔王様の亡骸で作った装飾品を渡さないと。そのためにも、地底世界を探索しなければならない。

そして、確実にやってくる決戦に備えなければ、この「ワンモア」世界の未来がめちゃくちゃにされてしまう。

【スキル一覧】
〈風迅狩弓〉Lv50（The Limit!）〈砕蹴（エルフ流・限定師範代候補）〉Lv42《百里眼》Lv40
〈技量の指〉Lv81〈小盾〉Lv42〈蛇剣武術身体能力強化〉Lv18〈円花の真なる担い手〉Lv3
〈義賊頭〉Lv68〈隠蔽・改〉Lv7
〈妖精招来〉Lv22（強制習得・昇格・控えスキルへの移動不可能）
追加能力スキル
〈黄龍変身〉Lv14〈偶像の魔王〉Lv6
控えスキル
〈木工の経験者〉Lv14〈薬剤の経験者〉Lv34〈釣り〉（LOST!）〈医食同源料理人〉Lv17
〈鍛冶の経験者〉Lv44〈人魚泳法〉Lv10
ＥｘＰ31

いつにも増して）雑談掲示板 No.2911（運営が情報を出さねえ

114：名無しの冒険者 ID：gee2ErdvB
それにしても、何で運営はこんなに動かねえの？
地底世界っていう大型アップデートでしょ？
普通、色々情報を公式から上げるもんでしょ？

115：名無しの冒険者 ID：tgwe3rtFe
ＰＶも出ねーし、新しいスキルとか素材とかの説明もねえ！
というか新しいスキルが来るのかどうかも分かんねえ

116：名無しの冒険者 ID：Tea52rtwe
運営、手を抜き過ぎじゃね？
公式サイトを見に行っても、地底世界の実装アナウンスと、
それにかかるメンテナンスの時間だけしか載ってない

117：名無しの冒険者 ID：Efasef2W9
ガチの手抜きなのか、それとも情報を出すに出せない理由があるのか

118：名無しの冒険者 ID：etwrt6RwW
情報出せないとしてだ
その理由は何だろね？

119：名無しの冒険者 ID：SGszegf23
初見殺しの罠がバレるからじゃね？
「ワンモア」の開発と運営だもん

120：名無しの冒険者 ID：Eatea2ewv
もしくは、すでに「ワンモア」世界の住人から情報を仕入れられるから、
敢えて公式では言わないようにしているだけかもしれねえが

121：名無しの冒険者 ID：WRFw2Fw3D
ああ、いつも道具屋とかがある程度の情報を教えてくれるよな
寒いから耐寒防具は絶対持っていけとか、明かりは複数確保すべしとか

122：名無しの冒険者 ID：TDRJesh2U
ひたすら戦闘ばっかりの戦闘民族の方は聞いているかどうか怪しいが……
ほとんどの人はもう事前準備はできてるっしょ

123：名無しの冒険者 ID：rjh21uRe5
今までのいろんなプレイヤーの成功談や失敗談で、
「ワンモア」世界の住人を軽視する奴はかなり減ったからね

124：名無しの冒険者 ID：Erawer52w
まあ、皆が皆、そういう風になっているわけではないが
無論、それは自己責任だからあれこれ言わないよ

125：名無しの冒険者 ID：rgkserfeW
その人がやりたいようにやればいいんだよ
あ、もちろん犯罪は別な！　言っておかないとつまらないツッコミが来る

126：名無しの冒険者 ID：ZSREgrwe2
某ＲＰＧよろしく人の家に入り込んだ奴が捕まって処刑されたとか、
懐かしい話だ

127：名無しの冒険者 ID：RHrg2WE3w
さすがにもういねえだろう。情報が十分に出回ってるし

128：名無しの冒険者 ID：SEGegw2UY
ところがどっこい、いる。もちろんただ入っていくんじゃなくて、
泥棒関連のスキルを駆使するらしいけど……

129：名無しの冒険者 ID：JTre21rEW
まじか。ひょっとして時々お尋ね者が出てくるのって、そいつら？

130：名無しの冒険者 ID：SARGsea7e
結構いるぞ、お尋ね者プレイしている奴
なんでそんな事やってるんだって聞いたら、某怪盗みたいに、
大勢に囲まれたところから華麗に逃げおおせるのがたまらない！　らしい

131：名無しの冒険者 ID：JRHr2UPwv
またずいぶんと変わった事やってんなぁ
捕まって処刑されたらキャラロストなんだろ？　よーやるわ

132：名無しの冒険者 ID：EGewagfEr
むしろ、捕まったら終わりだからこそのスリルが良いんじゃね？

133：名無しの冒険者 ID：nEDGeg5eG
いろんな奴がいるんだな。そしてそいつらに対抗する人もいるんだろ？
このゲーム、どこまでやりこめばやりこんだって言えるんだろうな？

134：名無しの冒険者 ID：RHds4hRTE
で、今度の実装でより世界が広がるわけだ
ただ広がるだけ、なんて事は絶対にありえないから、どう変わるかね

135：名無しの冒険者 ID：KhewacerM
ホント、地底世界については何の公式情報も出ないから、
どういう連中がいるのかさっぱりだ

136：名無しの冒険者 ID：99Ge1fGhr
今までにも人魚とかサハギンとかの隠し種族はいたけどな
こいつらに関する情報も、公式は一切告知してなかった

137：名無しの冒険者 ID：HRRH32jHE
もう公式からの情報は最小限に絞るって考えなのかね？
情報が欲しけりゃ、「ワンモア」世界で住人に聞け、みたいな

138：名無しの冒険者 ID：Kytj52Pze
でもある程度の情報は出してほしいよ。俺は運営の怠慢と受け取るぜ

139：名無しの冒険者 ID：TEJtse2Er
うちらが文句言っても、運営は『そうですか。それで？』とか
返答してきそうなんだよな
嫌ならやめろと言われても、ああ、「ワンモア」だしな、で納得しちまう

140：名無しの冒険者 ID：SDRGrwa23
客商売としてはあり得ないんだけどね、そういうの
でも、「ワンモア」だしなー
他社もＶＲのＭＭＯ作製には着手してるってニュースは聞くけどさ、
じゃあリリースはいつですか？ってなると全然不明だし

141：名無しの冒険者 ID：RHes2RWf8
群雄割拠になる前だから、やれる事でもあるか
ＶＲじゃないＭＭＯだったら、こんなワンモア式の運営はあり得ん
ユーザーに見限られてあっという間にサービス終了になる

142：名無しの冒険者 ID：k2dHer2ew
替えがないって点がもうね
もうどっぷり浸かっちゃってて、普通のＭＭＯだと物足りねー事も多いし

143：名無しの冒険者 ID：GEes2fe5W
そうして今日もログインなり掲示板なりをやる、と
まあ、運営がガチャを導入していない点だけは評価する

144：名無しの冒険者 ID：HRAgsa5wW
明後日にメンテが始まって、サービス再開は……五日後かぁ
最初の頃は、メンテに三日もかかるんかい！って突っ込んだもんだが

145：名無しの冒険者 ID：eyye2WEBd
いや、ＶＲだぞ？　メンテに時間がかかるのはしゃーないだろ
メンテ急かして早く始めさせたらバグだらけでした、なんてのは困る

146：名無しの冒険者 ID：oky1trRTE
あー、ＶＲだからこそバグ起きると萎えそうだ
せっかくファンタジーの世界に来てるのにリアルを突きつけられる感じで

147：名無しの冒険者 ID：EGe2wEwnZ
リアルが大変だからこそ異世界行って冒険じゃーってやってんのに、
そこに０と１のバグ表示が突然現れたらめっちゃ萎えるわ

148：名無しの冒険者 ID：WEFw2ewVd
だからまあ、メンテの長さは我慢するよ。でもその三日間何すればええねん

149：名無しの冒険者 ID：Rhhre2WEw
勉強を頑張る

150：名無しの冒険者 ID：REWGwet6e
仕事に精を出す

151：名無しの冒険者 ID：32hr58rgw
資格を取るために努力する

152：名無しの冒険者 ID：TRDhrsh2W
運動に励む

153：名無しの冒険者 ID：Rgrwg2Ec1
　彼女とデートする

154：名無しの冒険者 ID：YKyrdj32w
　すみません、彼女とは先日別れましてん……

155：名無しの冒険者 ID：feae21wEDw
　南無

156：名無しの冒険者 ID：EASFf2Rwe
　愚痴なら聞くぜ？
　ああ、ここじゃ迷惑になるから他の場所でいいならだがな

157：名無しの冒険者 ID：WEDdw2WqZ
　新しい出会いのために仕方がない出来事だったと考えるんだ！

158：名無しの冒険者 ID：efea7Ge1d
　意外と温かい奴が多くて泣いた

159：名無しの冒険者 ID：8t2grFeef
　追い打ちかける鬼はいなかったか……良い事だ

160：名無しの冒険者 ID：QHxgfewa2
　彼女とか一回も出来た事ないんですが……

161：名無しの冒険者 ID：HTJDrh9ww
　ま、巡り合わせってのもあるからな
　どうしても出来ない奴ってのもいるわな……

19

明日から長期メンテナンスが始まり、それが終わればついに地底世界への扉が開かれる。なので下準備は今日までという事になり、街が騒がしい。

備品を買い損ねて必死で探す人や、そういう人を相手に割高で売りつけようとする人。ログインのタイミングを話し合う人や、地底世界の予測を立てる人などなど。これにプレイヤーだけでなく「ワンモア」世界の人も混ざっている点が、一般的なＭＭＯとは違うところだろう。

その一方で自分はというと——

（地底世界に向かうための準備は終わった。あとはログアウトしてメンテ明けを待つだけ……この地底世界における行動次第で、いずれやってくる決戦の内容が大きく変わる、か）

街の喧騒（けんそう）などほぼ耳に入らないまま、アクアを撫でながら今後の事を考えている。

地底世界でやらなければならない事を優先順位の高いほうから並べると、やはり過去の魔王様の遺体探しがトップだろう。これを見つけられなかった場合は、羽根持つ男側の洗脳攻撃に太刀打ちできず、一方的にやられる可能性が高い。洗脳されてしまったら、プレイヤーであれこの世界の人であれ、羽根持つ男達を崇（あが）める尖兵にされてしまうのだろうな。そうなれば、もう羽根持つ男の天下となってしまう。

洗脳された事に気づけなければ——例えば羽根持つ男達に従わない人々がモンスターに見えるように視覚や聴覚をいじられても、こちらは対処できない。モンスターを狩る事は、この世界において別段忌避される行為ではない。だから、特に何も考えず、モンスターに見えている人々を倒すだろう。何の罪悪感もなく、何の違和感も持たずに。

何より、プレイヤーはデスペナルティこそあれど、特定の行動をとらない限り死ぬ事はない。洗脳されてしまったプレイヤーは、いくら倒しても立ち上がってくるゾンビのようなものだ。

そんな相手と戦い続ければ、「ワンモア」世界の強者といえどもいつかは負ける。そしてその一回の負けで、「ワンモア」世界の人は全てが終わってしまう。ここが怖ろしい。

この世界がそんな悲惨な結末を迎えてしまっても、運営がそれを修正する事はないだろうし、プレイヤーもモンスターを狩っているだけとしか認識しないのだから、文句を言う事もないはず。何らかの違和感は残るだろうが……

（なんというかそれってもしかして……以前妖精国に戦争を仕掛けてきた、ゲヘナクロスとかいう連中と似たような形じゃないか？）

いつしか、そんな考えが浮かび上がってきた。もうずいぶん昔のイベントだが、今でもよく覚えている。凄惨な戦争だったからな……あの戦争で多くの妖精達が亡くなり、友人の熊妖精ゼタンも冒険者を引退した。

ゲヘナクロスの連中は最後こそ崩れたが、中盤まではドラゴンを前に出しながら狂ったように攻めてきた。あのような姿に自分がなると考えただけで、ものすごい嫌悪感を覚える。そんな事にならないよう、何が何でも過去の魔王様の遺体をできる限り早く見つけ出さねばならない。

(無論、それだけではなく、戦う力もしっかりと向上させないと)

頭上に座っていたアクアを膝の上に下ろし、コツコツ書き上げてきた新しいX弓の設計図をアイテムボックスから取り出してもう一度確認する。

弦を四本張る異形の姿だが、羽根持つ男を討つには異形な姿の武器ぐらいがちょうどいいだろう。これを地底世界の住人に見てもらい、改良してから作るつもりだ。

——そう、地底世界にはドワーフがいるはずなのだ。今も装備している【ドラゴンスケイルライトアーマー一式】をレッド・ドラゴンの王様から受け取ったとき、これを作ったのはドワーフだと言っていた。そして今まで世界を巡ってきたが、ドワーフには出会っていない。残されたのは地底だけだ。それにリアルの神話などでも、ドワーフは地底に住む存在だとされている。

何とかしてアプローチし、新X弓の設計図と大破寸前の鎧を見てもらわねば。

(その二つが終わったら、いったん外に出て魔王城に直行だな。何人分の洗脳対策アクセが作れるのか……できればある程度の数を自分でも確保したい。ツヴァイ達『ブルーカラー』の初期メンバーやグラッドとシルバーのPT分も必要か……あとは『アポロンの弓』ギルマスのアヤメとその側近分。この面子が洗脳されたら、とんでもない強敵になってしまう。何とかして彼らの分だけは

確保しておかないと、勝ち目がなくなってしまう）

プレイヤー全員に行き渡らせるのはどう考えても無理だ。そのため、知り合いの中でも特に強い面子に渡すってのが現実的なところだろう。もちろん顔見知りじゃない強いプレイヤーは山ほどいるが、こんな突拍子もない話を聞いてもらうには、それなりの知り合いじゃないと難しい。

あとは、口も堅くないとな。お喋りな奴に魔王様の遺体から作ったアクセサリーの存在が漏れたら、こっちにも回せとか言ってきて大騒ぎに発展するのは火を見るよりも明らかだ。数が用意できるならそれでもいいが——いや、ダメか。こちらが洗脳対策を整えてると知ったら、羽根持つ男達がどんな手を打ってくるか分からない。

やる事が特殊すぎるので、地底では常にソロ活動を強いられそうだな。今まで通りかもしれないが、いざというときにもPTを組むわけにいかないとなると辛いな。アクアとルエットの力も借りて、何とかするしかない。

ツヴァイ達に話すのも、当分先だ……とにかく全ての準備が整わないと、話のしようがない。過去の魔王様が残した手紙を一時的に借りてきて、それを見せながら話をしないと、さすがにただの妄想で片付けられる可能性もある。

（新しいフィールドの開放ってのは、もっとわくわくするもののはずだったのにな。やるべき事がすでにいくつもあって、一番やらなきゃいけない事が失敗すると今後の「ワンモア」世界に悲劇を呼び込みかねないってなると……嫌になっちゃうな、まったく）

それでも、投げ出したりはしない。この世界にも愛着が湧いているし、この世界に住む人達とも色々と関わった。そんな世界を我が物にしようと考える俗物とは徹底抗戦だ。霜点さんと皐月さんの仇討ちだって成し遂げたい。だから、自分はやるべき事をやる。そこは揺らがない。

(そして、そいつらには多くの人を不幸にしてきた分のツケをたっぷりと払ってもらわないとな)

結局、そこに行きつくのだ。自分達の遊びのために、周囲を不幸にし、傷つけ、そして殺してきた連中。もういい加減報いを受けさせねばと考えるのは、いけない事だろうか。

まあ、仮に周囲がいけないと言ったとしても、自分はそこを曲げるつもりはない。あいつらは裁かれるべきだ。いくら何でもやり過ぎだし、また何かしらの行動を起こすつもりだという過去の魔王様からの警告もある。

だからこそ、行動し、必要な物を作り、奴らを討つだけの力を身につけなければいけない。力無き正義は無力なり、という言葉もある。いや、もちろん自分を正義だなんて考えちゃいないが、「ワンモア」世界の人がひどい目にあってほしくないとは思う。

(なんにせよ、地底世界の活動は精力的に行おう。隅々まで歩き回って地図を全て埋めるマッパーのように)

街は賑やかで、大勢の人が行き交っている。商売人が声を上げ、子供達は元気に歩き回り、年寄りがそんな子供達を笑顔で見守る——この光景を、下らぬ欲望で壊すような真似はさせない。

◆　◆　◆

そしてメンテナンスが明けたので、早速ログインして地底世界へ——といきたかったのだが。

このタイミングでなぜか、季節外れの大発注がお得意様から我が社にかかった。そのため、いつもホワイト環境な我が社にとっては非常に珍しい、残業続きの日々へと突入した。

初日の残業を終えて家に帰り、こまごまとした家事を済ませると、すでに時計は二二時を回っていた。今日のログインは一時間ぐらいが限度だろう。ろくに睡眠をとらずに翌日出勤なんて、とてもじゃないができない。

ＶＲヘルメットのアップデートを行っている間に、公式サイトや掲示板を覗いてみたが……公式は地底世界の扉が開かれた事と、扉の位置、あとは地底世界のスクリーンショット（ＳＳ）をいくつか掲載する程度で、それ以上は自分で直接見てくださいというメッセージを記していた。ちなみに扉の場所は、以前ブラック・ドラゴンを治療したあの場所だった。あそこは何に使うのだろうと思っていたが、こういう事だったのか。

その一方で掲示板のほうは、かなりカオスな状況になっていた。何と地底世界の扉は、地底世界の比較的安全な場所にランダムに送り込む性質があるようで……レイドＰＴを組んで速攻攻略をもくろんでいた人達は見事に分断されたそうだ。

ただ、六人の通常ＰＴならば同じ場所に移動できるとの情報もあった。つまり確実に同じ場所に降り立てるのは六人までなので、今までのように新しいマップが出来たときに大勢で集まって新しい街を目指す手段は使えない。更に、一度潜ると扉はすぐに閉じるため戻る事もできない。地底世界から地上に出る方法を探すのも大変だ、とある。

更に地底に潜った面子からは、モンスターの情報がいくつか上がってきていた。

まずは、ファンタジー名物のスライムがついに登場したとの事。ただしかわいいヤツじゃなくって、本当にゲル状の醜いタイプだったらしい。

あと、なぜか地底なのに虎が出没しているらしい。白い毛に黒い縞が入っていて、足場が悪かろうと俊敏に移動する事が可能。そして、この虎とは戦う事も和解する事もできるという情報もある。戦えば強いが、争わない意思を見せれば、虎は素直に引く。ただし、引いてくれるのは一度も戦った事がない者相手だけであり、一度でも攻撃を仕掛けたらもう戦うしかなくなる、との事。

まだアップデートが終わらないので、掲示板を更に読んでいくと、地形に関する情報もあった。

まず、寒い。耐寒装備をしっかり整えていない人は冷気によってＨＰをガリガリ削られ、あっという間に死に戻りしたらしい。地面は土のところと鍾乳洞の中のようにつるつるした岩肌のところがあり、岩肌は滑りやすいためできる限り歩かないほうがいいとの忠告も見られる。

また、つららのように垂れ下がった鍾乳石からは、非常に冷たい水が一定間隔で滴り落ちるそうだ。この水に触れてしまうと、水耐性の高くない耐寒防具はあっという間に凍り付き、装着者の身を護る装備から凍えさせる凶器に変わってしまう、とも。

おっかないな、地底世界。下準備が満足にできなかった人にとっては、死地に等しい。

「っと、やっとアップデートが完了か」

このアップデート作業だけで、大きく時間を削られた。今日は一時間と考えていたが、下方修正して三〇分にしよう。ログアウトはアクアの背中になりそうだ。今回の地底世界だけは、前線組なんて呼ばれるトッププレイヤーと張り合う必要があるのだが、そこに残業だものなぁ。

この残業態勢はあと二日続く。それが致命傷にならなければいいが……過去の魔王様が姿を変えた金属を、他の人が回収してしまったら絶望的だ。事前情報がなければ単なる新しい素材としか考えられず、研究用に使い潰されてお終いだろう。

(手段を選んでいられない今回は、アクアの乱用も辞さない。何が何でも、過去の魔王様の亡骸を自分が回収しなければ)

他のやるべき事は、この回収作業が終わってからでいい。そう考えながらログイン。

「ワンモア」世界で目を覚ました自分は、さっさと装備を整えてちびアクアを頭に乗せてから宿屋を後にし、地底世界への扉に向かう。

扉付近に到着すると、そこには臨時ＰＴ募集をかけている人達が山ほど。そうか、そうだよねえ。新マップ実装初日にデスペナルティ貰って、活動が数時間制限されるのは厳しいよね。いきなり孤立する危険性は、ＰＴを組めばとりあえずなくなる。

が、自分はこの地底世界において、回収作業が終わるまでは絶対にソロで活動しなければいけない。だからこれは関係ないとスルーして、扉がある方向に向かうと、そこにあった物は——

（扉というより、ゲートっぽいんですけど）

石で出来ていると思われる大きな枠に、うねうねと動く茶色い膜が張られている。これが地底世界への扉らしい。ちょっと入るのを躊躇（ちゅうちょ）してしまうが、臨時ＰＴを組んだと思われる六人の団体さんが次々とその膜を通過していく。

途中でつっかえる事もないので、問題はなさそうである。ちょっと弱気になった自分に活を入れ、膜を通ろうとすると、急に呼び止められた。

「おい、そこの黒いフードと外套で固めた奴！　中に入るとどこに飛ばされるか分かんねえぞ！一人じゃ危険だ、ＰＴを組んでいったほうがいいぜ！」

あれま、自分がソロで入ろうとしていたから、誰かがご丁寧に忠告してくれたのか。ここは気持ちだけ受け取る事にしよう。

「大丈夫、それを理解した上でソロで進むつもりだったから！　忠告には感謝するよ！」

こう返すと、その男性プレイヤーも「分かってるならいい、油断はすんなよ！」と無理に引き留めないでくれた。

さて、いよいよ地底世界に入るか。念のためアクアは頭から降ろし、左手で抱きかかえて扉を潜る。

ゲートを通過した先は、一面が鍾乳洞のような岩肌。ここが地底世界か。

（つと、もう潜ってきた扉が閉じるのか）

後ろを振り返ると、そこには何もなかった。これで、前に進むしかなくなった。もっとも、後退の二文字は今の自分の中には一切ないのだけれど。

アクアのためにカンテラに灯を入れて周囲を照らすと、幸い天井が高いので、アクアはちび状態から本来の大きさになってもらった。しばらくアクアと一緒に歩いてみたが、お互い転んだりはしなかった。自分は体術系のスキルのおかげなんだろうが、アクアは特性なのかもしれないな。とにかく、問題なく歩ける事が確認できたので、アクアの上に乗って行動開始。まずは歩き回って、何かしらの情報を見つけないと。

「アクア、この地底世界においては基本的に自重はなしだ。人前以外では今の姿で頑張ってもらう事になる。頼んだぞ」

「ぴゅい！」

今日はあと二五分しかログインできないから、急がないと。欲を言えば活動拠点や話を聞ける街を見つけたいところだがな……食料はたっぷり持ってきたが、補給できなければいつかは尽きる。そうなる前に、何かしらの足場を得ておきたいところだ。

っと、初エンカウント、スライムの団体さんだ。でも。

「アクア、無視できる？」

「ぴゅ！」

アクアはそのスライムの団体さんをジャンプで飛び越える。スライム側もこちらに対して興味があったわけでもないようで、追いかけてきたり、何かしらの攻撃をしたりという事もなかった。掲示板に情報があった虎といい、この地底世界のモンスターは手を出さない限り攻撃してこないのだろうか？　であれば、探索を最重視したい自分にとっては非常にありがたい。

それから数回スライムの団体さんを見つけたが、反応はどれも同じ。こちらを積極的に襲うつもりはないようだ。何を食べるのだろうと思ってちょっぴり観察してみたところ、スライム達は滴ってくる冷たい水や、たまに生えているコケのような物を少し食べるだけで十分のようだった。食事を終えると、のべーっとだらしなく（？）広がって動かなくなる。うん、あれだけの食事で満たされるのなら、いちいちこっちを襲ってはこないか。余計な事さえしなければ、敵対はしないと見ていい。もちろん例外的に襲ってくるスライムもいるかもだが、そいつらとだけ戦えばいい。

観察も終わったので、再びアクアの背で揺られながら移動する。今のところ、目につくものはない。うーん、アクアの脚力でかなりの距離を移動しているはずなのだが、何のきっかけもないとは。そうポンポンと事は運ばないか——と思っていたところで、ようやく最初のきっかけを見つけた。

明らかに人の手で掘られている岩壁を発見。アクアから降りて、周囲に転がっている石の一つを手に取ってみる。

（僅かながら、金属が含まれているな。つまり、ここは地底世界の採掘場というわけだ。ここで待っていれば、ここを使っている人と接触する事ができそうだ。問題は、いつ来るか分からないという事だが――せっかく見つけたきっかけだ、安易に投げ捨てるのはちょっと惜しい。残りログイン時間があまりない事だし、今日はここでキャンプを張るか。幸い、それなりの広さがあるから、簡易テントを張っても邪魔にはならなそうだ）

気が急くが、こういうときに焦ってもいい事はない。どのみち今日はもうログアウトだ、この周囲を歩くのは明日以降だな……できるだけ早く、この坑道に鉱石を掘りに来ている存在と出会えればよいのだが。

20

翌日、残業を終えてログイン。簡易テントの中で目覚め、装備を整える。

「ぴゅい」

アクアも元気そうで何よりだ。今日はこの採掘場とその周辺を少し探ってみる予定だ。

アクアに乗って歩き回っていると、地底湖を発見。だが――

「ぴゅー……」

アクアがこれ以上近寄りたくないという感じの鳴き声を上げる。無理もない、その地底湖から一定周囲には、冷気の霧とでもいうべきものが立ち上っているからだ。

どういう仕組みでそんなものが形成されているのかは分からないが、何の準備もしていない人を湖の底に放り込めば五分とかからず凍死するんじゃないだろか？と思わせるくらいの冷気を感じる。

自分は魔王様から貰った例のイカサママントのおかげで特に寒くもないが、アクアはかなり凍えている様子が窺えた。

「うん、これ以上近寄るのは危険だな。何かがここにあるとはっきりしない限り、これ以上の接近は控えよう」

《百里眼》のスキルがなければ、霧の中にある地底湖に気がつけなかっただろう。この地底湖の場所を、マップにチェックをつけておく。何かしら必要なアイテムが取れるかもしれないし、後々もう一回来たくなったとき、あれはどこだっけ？という時間の無駄遣いを避けておく。

地底湖を後にしてから一〇分ほど探索を続けたが、他にこれといった場所は特になし。同じような地形が続くので、マップをよく確認しながら進まないとキャンプ地に戻れなくなりそうだ。ちょっと怖い。

「アクア、周囲の探索はこの辺にして戻ろうか。お前も体が冷えてしまっただろう？」

今日は時間的にここまでだ。キャンプ地に戻り、薪を取り出して火をつける。道具一つですぐに火がつくのはありがたい……このたき火で、アクアに食べさせる温かいシチューを作る事にする。

材料はジャガイモにニンジン、お肉にピーマンとタマネギ。それとミルク。チーズも忘れちゃいけない。

鍋に油を入れて、お肉と野菜を炒める。火が通りにくい根菜を先に入れる点はカレーと同じだ。

火が通ってきたら、水を加えてお店で売っていたコンソメのようなものも投入。蓋をしてそのまま少し煮る。

「ぴゅい～」

たき火に当たって体温が戻ってきたアクアが、気持ちよさそうな声を上げる。そんなアクアをちらりと見ながら、鍋の蓋を取る。

灰汁が浮いてくるのでそれをしっかりと掬って排除した後に、ミルクを投入。ミルクはゆっくりと入れていって……全てを入れたらかき混ぜて、ミルクの膜が出来ないようにしながら軽く沸騰するのを待つ。

ある程度とろみがついたところで、チーズをスライスして投入。最後に塩と胡椒で味を付けるわけだが、ここは味見を繰り返しながらやっていく。

寒い時期はシチューがご馳走で、リアルでもよく作る。でも市販のルーを使わない事はほとんどないから、カンに頼るとマズメシが出来上がる未来しかない。

（よし、これくらいかな。リアルで食べるシチューとは味が違うけど、これはこれで上手く出来たんじゃないかな。とにかく、ちゃんと食える味になっていれば問題はない）

鍋から自分用とアクア用の器に盛りつけて、完成。ずっと匂いに反応していたアクアが、もう食べられると分かった途端に近寄ってくる。

「よし、食べてくれ。冷えた体を内側からも温めないとな。ただしこの料理は熱いから、落ち着いてゆっくり食べるんだぞ」

ITEM

【クリームシチュー】
寒いときに食べると体の中から温めてくれる一品。しばらくの間、その温かさが冷気から守ってくれる。
効果：「凍傷治癒」「冷気耐性」
製作評価：8

評価8がついたなら、なかなかの一品だって事か。アクアも美味しそうに食べてくれているし、上手く作れてよかった。

アクアに注意した当の自分が口の中を火傷（やけど）するなんて間抜けな事にならないよう、ゆっくりと食べる。シチューをひと口呑み込んだ後、ふうーっと息を吐いてしまうのは自分の癖（くせ）だな。

しかし、このシチューの効果に『凍傷治癒』とあるのが怖い。治癒方法があるって事は、その状態異常があるって事だから。凍傷かぁ、リアルはもちろん、ゲームの中でもなりたくないな。

自分もアクアもお代わりをして温かいシチューに舌鼓を打っていると、なんだか岩壁のほうから音がする。自分だけじゃなくアクアも気がついたようで、お互いに食事を中断。いつ戦闘になってもいいように身構える。

と、岩壁が突然ガラガラと崩れ落ちた。敵か？

「おいっ！　やっぱりわしの言った通りじゃないか！　こっちに掘っていたら岩壁を貫いちまうっての！」

「うるさいわい！　お前こそろくに話も聞かずに掘っていたんじゃないか！　わしはもう少し斜めにずらせと言っておいたじゃろうが！」

「ドやかましいわ二人とも！　ぶち抜いちまったモンはしょうがねえから、崩れねえように補強かけとけ！　ったく、どこに出ちまったんだ？」

崩れた岩壁の奥から出てきたのは――立派な髭に一メートル三〇センチほどの小柄な体。作業着っぽいものに身を包み、つるはしを担いだ……ファンタジーのお約束種族として多分エルフと並んで二強だと思われる、ドワーフだ。

「で、そこにいる兄ちゃんに馬鹿でっけえ毛むくじゃら！　なんだ？　俺達とやろうってのか？」

おおっと、ここで勘違いされたら今後が辛くなる。自分はすぐに臨戦態勢を解き、ドワーフ達に声をかける。

「いやいやいや、こっちとしては突然壁から音がしてきたから、モンスターが壁を破って現れるのかと思って身構えてただけですよ。ドワーフの皆さんと争うためじゃないんです」

こちらに戦意はなしと分かったのだろう、声をかけてきたドワーフが、がっはっはと大声で笑う。

「そうかい、そいつはすまなかったな。あっちにいる若造二人のお守り役として俺がついてきたんだがよ、あの二人はまだまだだな。掘っているうちに方向感覚を狂わせちまうようじゃあ話にならねえ。勘弁してくれ」

害があったわけでもないので、こちらは気にしていませんから、と返答しておいた。と、そんな話をしているうちに残りの二人もこっちにやってくる。

「親方、補強が終わりやした！」

「換気も終わりやした、坑道毒もありやせん！」

坑道毒？　少しだけ首をかしげたが、おそらくこれはガスの事だろう。新しい坑道を掘るときにカナリアを連れていく、なんて話を聞いた事はないだろうか？　あれはカナリアが毒に敏感な性質を利用しているそうで、カナリアが気絶したりする＝その周囲には毒ガスなどがある、という事になる。そうして鉱員の命を守るのだ。もっともこれは昔の話で、リアルなら今は高性能なガス検知器があるのだけれど。

「お前ら、俺達はこの兄ちゃんを驚かせちまったんだ！　お前ら二人からも謝っとけ！」

親方ドワーフの言葉に従い、二人の弟子と思われるドワーフが素直に謝罪してきたので、こちらない。

もその謝罪を受けて二人を許した。が、どうもこの二人、視線が自分のほうをあんまり向いてい

その先にある物は……ああ、先程まで自分とアクアが食べていたシチューか。そんな視線に気がついたのか、親方ドワーフのげんこつが二人の頭の上に降った。

「お、親方いてえよ……」

「目から星が飛び出たような気がするぜ……」

殴られた二人がそんな事を言いながら呻く。親方ドワーフは呆れ顔だ。そんな三人に、自分は苦笑する。でもまあ、ドワーフと繋がるチャンスが向こうからやってきたんだ。これを逃すわけにはいかんな。

「まあ、掘削作業ってのは大変ですからね。これも何かの縁です、お腹が空いているのでしたら、この料理を分けて差し上げますが、どうでしょうか?」

と、打算込々でシチューを勧めてみる。毒が入っていない証拠として、目の前で鍋から掬って自分で食べる姿を見せる。ドワーフの三人も最初は恐々とした様子であったが、ひと口咀嚼しているうちに……目つきが変わった。

「うめえ、もう一杯!」

「あったかくていいなこいつは!」

「お前ら、遠慮ってものを覚えやがれ!」

すぐさま二杯目を掬い出した弟子ドワーフ達に親方ドワーフがお叱りを飛ばしているが、まるで聞いちゃいない。見る見るうちに鍋の中は空っぽになった……よく食うな。まだ結構あったはずなんだけどな……幸い自分とアクアはある程度胃袋に入れていたから、食べ切られても問題はない。

「あー食った食った。あったけえ飯っていいモンだなぁ……」

「あー、しばらく動きたくねえぞー」

「こいつらは……本当にすまねえ、こんな美味い飯が作業場で食えるとは思っていなかった。馳走になっちまって申し訳ねえ。こいつらには後でよーく言っておく」

親方ドワーフだけはしかめっ面だが、腹を膨らませた弟子ドワーフの二人は壁に寄りかかり、すっかり脱力中。たき火の程よい暖かさに包まれている事もあって、うたた寝状態に入ったのかもしれない。でも寝られたら困るな……

「まあ、それはいいんですが、寝ないでくださいね？　こんな所で準備もせずに寝たら凍死しちゃいますよ？」

この自分の声にも、弟子ドワーフ達はあんまり反応しない。大丈夫かなこれ……まあ起きなかったら、アクアに乗せて運んでもらえばいいんだが。

「おめえら、いい加減起きろ！　今日はもう街に帰るぞ！　ったく、ダメだこいつら。ちっとしごいただけでへろへろになってやがる……兄ちゃん、すまねえ。飯を貰っておいてなんなんだが、こいつらを運ぶのを手伝ってもらえねえか？　このままにしていってたき火が消えたら、さすがにこいつらも死んじまうからよ」

申し訳なさそうな親方ドワーフ。ま、こっちにしてみればドワーフの街を訪れるいい口実が出来たってところだから、文句はない。

「なら、私の相棒のアクアの背に二人を乗せて、街まで運びますよ。こちらとしても、凍えさせてしまうつもりでシチューを振る舞ったわけではないので」

この自分の申し出に乗った親方ドワーフと協力し、うたた寝を通り越して熟睡し始めた弟子ドワーフ二人をアクアの背に乗せて出発、坑道の中へと足を踏み入れる。

さて、ドワーフの街はどんな感じなのかね？　そして、大破寸前の【ドラゴンスケイルライトアーマー一式】は蘇る事ができるんだろうか？　とにかく、全てはここからだ。

気持ちよさそうに寝ている弟子ドワーフ二人のグースカいびきをBGMに、自分達はドワーフが掘った坑道内を進んでいく。坑道内は明るく、息苦しさもない。しかし、なんで明るいのかが分からない。松明（たいまつ）とかカンテラとかの照明器具は見あたらないのに。

「ドワーフの秘術の一つだからな、悪いが、どういう方法で掘っているのかは教えられん」

自分がきょろきょろ見渡していたからか、先んじて親方ドワーフからこう言われてしまった。

「分かりました、秘術を暴こうなんて真似はしないと誓います」

自分の返答に、親方ドワーフは満足そうにうなずいた。興味はあるけど、それを知りたいがためにドワーフの皆さんと敵対なんて、あり得ない選択だ。

「そういや兄ちゃんはあまり見ない面だな。どこから来たんだい？　へえ、地上からか……っつー事は、あの門が百何十年ぶりに開いたってわけか……これからちっと騒がしくなりそうだな」

そうだなぁ、プレイヤーだけではなく「ワンモア」世界の人も次々と地底世界に足を踏み入れているようだし、騒がしくなるのは間違いないだろう。派手な問題が起きなきゃいいが。

「という事はだ、兄ちゃんをはじめとした地上の連中は、こっちの常識なんかほぼ知らん連中が大半って事になると思うんだが、間違いないかい？」

親方ドワーフの質問に「ええ、そう考えて間違いないと思います。こちらとしても迷惑をかけないために教えていただきたい事がいくつもありまして」と返答。

運営も、この世界に関してはノーヒントでプレイヤーを投げ入れている。こうやって話をして知る事をより大事にしていってくれってメッセージなんだと、自分は受け取ったが。

「そうかい、じゃあまずは重要な事に絞って話すぞ。これさえ破らなきゃ、そうそう怒られる事はねぇ。よく聞いてくれよ、質問も受け付けるからよ」

そうして教えてくれた事は、まあほとんど地上と変わらない。無意味に争うな、揉め事は警備の人達に伝えて話し合う事、殺しは厳禁……などなど。こちらとしても当たり前の事だなーと聞きながら思っていたが、最後に言われた事に、ん？と首を傾げた。

「すみません、最後以外は理解できました。ただ最後の……コログウ？　ですか？　その存在と争ってはいけないと仰いましたが、コログウとはいったいどういった存在なのでしょうか？」

そう、最後に親方ドワーフが挙げたのは、『コログウと争わず、穏便に付き合う事』という内容だったのだ。名前だけ言われてもさっぱり分からないんですが……

「ああ、まあ名前だけで、地上からやってきた兄ちゃんに理解しろってのも無理があるよな。まあ、そのうち向こうからやってくる。そのときに改めて教えてやっからよ……っと、出口だな。ここからチョイと行った所に俺達の街がある。ここまで来ちまえばそう遠くないぜ」

向こうからやってくると言うのなら、待つしかないか。もしかすると、地底なのになぜかいると掲示板にあった虎っぽいモンスターか？　なんにせよ、そのコログウという存在がやってきたら親方ドワーフの指示が飛んでくるだろうから、それに従えばいい。

親方ドワーフに地上の様子なんかを教えながら歩いていたところ、やがて正体不明の反応が二つ、《危険察知》に引っかかった。

「親方、なんかこっちにやってくる気配がありますが」

自分は背負っていた弓を構え、臨戦態勢に入る。かなり動きが速いな……これは厄介な相手かもしれない。しかも、片方は自分達の前に、もう片方は後ろに回り込む様子を見せている。挟み撃ちを仕掛けるつもりなのだろう。《危険察知》様様だな、奇襲の情報をこうして接敵前に掴めるのだから。

「構えるだけにしとけ、コログウだと思うからよ」

親方がそう言うので、矢を番えはするが、弦は引かずにおく。

そうして二つの反応のうち、正面側にいた存在が、こちらの目の前に姿を曝した──掲示板で言われていた通りの、白い毛に黒い縞が入った虎だ。

こいつと争っちゃいけないってのは分かっているから、誤解されるような行動はとらない。

そして、もう一つ分かった事がある。後ろに回り込んでいたやつは、この虎と同じ存在じゃないって事。《危険察知》は、一度直接出会った相手の種族であれば大まかに区別してくれる。そして、目の前にこの虎が現れても、後ろにいる奴の反応はアンノウン、正体不明のままなのだ。

「やっぱりコログウだな。地上から兄ちゃんがやってきた事を感じ取って、どんな奴なのか見に来たんだろうよ」

自分達の背後にアンノウンが忍び寄ってきているなんて知る由もない親方ドワーフは、言葉に何の緊張感もない。だから、自分が弓を引き絞りながら発した次の言葉にきょとんとしていた。

「その子が争ってはいけないというコログウなんですね？　争ってはいけない存在って他にいますか？」

「いや、別にいねえぞ？　てかなんでそんなに戦意を高めてるんだよ兄ちゃんは？　コログウは争わない奴には温厚だぞ？」

？マークを頭に浮かべる親方ドワーフ。その一方、コログウはさすがに気がついているな。体を少し沈めていつでも飛びかかれる体勢を取っている。つまり、後ろの奴は敵って事でいいんだろう。

「自分が先に仕掛けます、その後に突撃を」

小声で口にした自分の言葉に、グルッという声を出すコログウ。多分、了解したって意味だな。

アクアは背中に弟子ドワーフ二人を背負っているから、今回はサポート役として立ち回ってもらう。

さて、後ろからじりじりと距離を詰めている奴は、まだ自分が気がついていないと思っているな。背中を向けたままだからね……でも、こちらはそっちが有効射程内に入るまで、じっくりと引きつけているだけに過ぎない。

「はい、いらっしゃい」

十分に引きつけてから、振り向いて矢を放つ。アンノウンはこちらが気がついているのはやはり想定外だったようで大慌てしながら、それでも放たれた矢を避けて見せた。

実際は少しかすったんだが、直撃しなければあんまり意味がない。毒も塗ってないしな。

そして姿を現した奴を見て、自分は毒が塗ってあっても効くかどうか分からんな、という感想を持った。なぜなら、その姿は真っ黒いマネキンと表現するしかない、顔がない人形のような姿をしていたからだ。

大慌てしたと感じたのは、手をオーバーなほどにわちゃわちゃと動かし、右手に持っていた武器を取り落としたからだ。

「ガグ！」

そのチャンスを、コログウは逃がさなかった。一気に飛びかかって首元に食らいつき、そのまま

首を噛み千切った。その勢いで、マネキンの頭部がすぽーんと飛んでゆく。あれが人の頭だったらグロ決定である……過去の映画にそういうシーンがあったな。それは直接頭を見せるんじゃなく、物に映って見えるという形だったが。

「何なんだ今のマネキンは……」

マネキンの体が光の粒となって完全に消滅。間違いなく倒せたのでひと安心だが、正体がよく分からなかったな。ただ生き物を殺すために動く人形って感じだったが。

話を聞こうと親方ドワーフのほうに視線を移すと、彼は小刻みに震えていた。

「命を収穫する者……兄ちゃんとコログウに出会えてなかったら、俺やあいつら二人は今頃首なし死体に……」

命を収穫する者、ね。奴が落とした武器もすでに消えているが、首を斬るのに適した刃物だったのかな？　よく見えないまま倒してしまったから、何を持っていたのかが思い出せない。

無機物に見えたが、魔王城で見たリビングメイドさん達みたいな特殊生命体という可能性もあるな。ま、《危険察知》に引っかかるなら不意打ちを受ける危険性はないし、直接戦った事で奴を判別する事もできるようになった。早めに戦えて幸運だったと思う事にしよう。

「——今は街に急ぎませんか？　万が一あいつらが徒党を組んでやってきた場合、さすがに辛いものがあります」

《危険察知》に反応はないが、このままここに留まりたくはないのが間違いなく自分の本音だ。自分とアクアだけなら問題ないが、今の戦闘が終わっても高いびきを上げ続けている二人のドワーフを守りながらの戦闘はちょっと控えたい。

ああ、そうさ。防衛戦だとか防衛ミッションとかにはトラウマがあるんだよ。「防衛対象が何で敵と戦いたがるのさ！」「なんで攻撃を全く避けないで食らい続けるんだよ！」「潜水艦なんだから少し潜ったりしてやり過ごせよ！」などとゲーム中に叫んだ事は数知れず……それに、「ワンモア」世界の住人はやり直しがきかないからな。

「そうだな、さっさと移動しよう。命を収穫する者に対抗するための策も考えなければならんか」

頭が再起動した親方ドワーフ、なぜかついてくるコログウと一緒に、ドワーフの街へと歩を進める。そうして歩いているうちに、レンガで作られたいくつもの建物が見えてきた。全体的にやや小さいな。ドワーフ的にはちょうどいいのだろうか。ここまでの移動で二〇分ほどかかった。ログアウトしたい時間になってきている。

街に来れてよかった……今日は宿屋でログアウトできそうで何よりだ。

21

「今帰ったぞー！　客人がいるから出迎えの準備もしてくれよー！」

街に入るなり、親方ドワーフは大きな声でそんな事を叫んだ。

すると、近くの家から数名のドワーフが次々と出てきて、あっという間に取り囲まれた。その後も親方ドワーフの指示のもと、アクアの上でずーっと寝ていた弟子ドワーフが運ばれていったり、街の中を親方ドワーフに案内してもらったりといったイベントをこなした。

このドワーフの街は、基本的に建物はレンガで出来ている。また、いくつもの大砲が街の外に向けて設置されており、先程も出会った命を収穫する者が現れて街に襲いかかってきたときは、その大砲で数を減らし、近寄ってきたら手で持てる小さな砲で対処するとの事。

この世界のドワーフは斧などはあまり持たず、砲手として戦うのか。手で持てる小さな砲ってのが特に気になるなぁ。銃に近い形になるのだろうか？

城壁はない。というか城壁は意味がないそうだ。あの命を収穫する者は、壁を容易く斬り裂いて穴を空けるので、時間稼ぎにもならないという。城壁の上に大砲を置いても、壁を駆け上ってくるとの事。だから死角を作るだけになってしまう壁などなく、地面に大砲を置いて、とにかく手数を多くして面攻撃で圧殺するのが基本戦術となっているようだ。

「今まで研究を重ねて、あいつらを遠ざけるための仕掛けも街の周囲に色々仕込んでいるんだ。それなのにあんな街の近くで奴に出会うってのはかなり危険だ。仕掛けの効果が消えてきてるって事だからな……くそ、また新しい手を考えなきゃいけねえのかと思うと頭が痛いぜ……」

最終的には目視も重要になるので、街の周囲を警戒する役のドワーフさんもいるそうだ。彼らだけはドワーフ特性の鎧を着込み、命を収穫する者を発見する能力を高める各種装備を整えているらしい。もちろん装備の詳細は教えてくれなかったが、秘密を掘り下げるつもりはないので深く突っ込んだりはしない。

「それと、しばらくここにいたいってんならこの家を使ってくれ。コログウの旦那もしばらくここで休んでいてくれ、今軽めのメシを持ってこさせるから」

案内されたのは、がっちりとした二階建てのレンガの家。しかし、こんな所をわざわざ用意してくれなくても、宿屋の場所を教えてくれればそれでいいのに。

「ああ、兄ちゃんにもう一つ教えておかなきゃいけない事があるのを忘れてた。基本的にドワーフの街には、地上で言う宿屋に該当するものはねえぜ。あるのはドワーフ三大都だけだ。だから客人は街の近くでテントを張るか、どこかの家に滞在させてもらうかになる。今回空き家を用意させてもらったのは、お礼代わりの特別扱いって事だ。んじゃメシを用意させるから、すまねえが家の中で少し待っててくれよ」

え、そうなの!?

とにかく、待ってろとの事なので家に入ると、暖炉(だんろ)がある異様に大きな部屋や個室が複数。もちろんキッチンなどもあるので、別の小さな家に比べると十分のびのびとした生活ができるだろう。

アクアや一緒についてきたコログウは、暖炉の前ですでにくつろぎモードに入った。ちなみにアクアは、家の中に入れる二・五メートルモードになっている。コログウも大きいけど、縦じゃなくて横にだから、何とか入れていた。

さて、ドワーフの親方が食事を持ってきてくれるまで、掲示板の様子を眺めてみるか。

——ああ、掲示板はまたにぎやかだ。先程自分も知った、街に宿屋がない事に関して混乱が起きているな。少数はドワーフの家を間借りさせてもらって難を逃れられたが、人が多く集まってしまった街では、ほとんどの場合テントなり寝袋なりで対処を強いられているようだ。

あと、親方ドワーフがチラッと言っていたドワーフ三大都に着いた人もいるようだな……三つのどれもが、ファストとネクシアの面積を足して円形に直した感じだというから、かなり広い。そして、その三大都には宿屋があるから、泊まる場所がなくて困っている人はできる限り三大都のうちのどれかを目指したほうがいいってアドバイスもある。現時点で着いている人は、たまたま三大都の近くに飛ばされた人だけだろう。

めぼしい情報はそんなところかな？　他にも細かい話はいくつか上がっているけど、自分が特に知りたい新しい素材についてのネタはない。見つけていたとしても、当分隠すだろうけどねぇ。まずは自分の装備の更新が優先だろうし。自分も、今まで頑張ってくれたドラゴンスケイルの鎧の修理をお願いしないといけない。何とか直ってくれればよいのだけれど。

「待たせたな、色々持ってきたから遠慮せず食ってくれ！　兄ちゃんには世話になったからよ」

と、ノックとか一切なしで親方ドワーフが家に上がってきた。やましい事なんかしてなかったから別にいいけど……

その親方ドワーフの後ろに何人ものドワーフの方々が続き、彼ら……そういやドワーフって男女関係なく髭が生えているんだっけ？　まあいい、とにかくドワーフの皆さんが様々な料理を運んできた。

ただ、料理の比率はかなり肉に偏っている。野菜が好きな人には辛いだろうな……自分は肉も野菜も特に嫌いではないので美味しく頂いたが。

食事の後には酒も出た。リアルでは下戸な自分も、この世界なら悪酔いも吐き気も心配なく楽しめる。ただし――

「おーっし、もっと飲めもっと！　客人の前で飲まないなんてのはドワーフの恥だぞ！」

ドワーフのお約束の一つ、大酒飲みである点はこの世界でも健在であった。信じられないペースでがっぱがっぱ飲んでいき、酒樽が次々とカラになっていく。このお酒、味はいいんだけど日本酒レベルの酒精の強さなんだよ。そんなお酒をあんな風にガバガバ飲んで、なぜひっくり返らないんだ……肝臓のアルコール分解力が異常に高いんだろうか？　リアルの自分だったらお猪口に二杯ぐらい飲んだらもうぐでんぐでんになる。彼らを真似したら、一発で急性アルコール中毒を引き起こして病院に直行する事になるよ。

「久々の客人にかんぱーい！　がははは、今日の酒は美味いのう！」

もう誰が乾杯の音頭を取っているんだか分かりゃしない。

この光景、自分がリアルで勤めている会社の忘年会を彷彿させるな。うちの会社は無理に酒を進めてくる馬鹿はいないが、このドワーフ達と同じように自分でがっぱがっぱ飲む人はいる。さすがにそれはビールだけどね。日本酒好きな人は、ちびりちびりとのんびり飲んでいる事が多いかな。酒の飲み方に関する喧嘩もないので、うちの職場はかなり良い人達に恵まれていると思う。

そんな事を考えながら周囲を見回すと、アクアがドワーフ顔負けのペースでお酒を飲んでいた。ジョッキを両翼を使って持ち上げ、酒を嘴の中へと器用に流し込んでいるのだ。どうやればあそこまで器用にできるのかと少し悩んだが、アクアの特性みたいなものなんだろうという事にして、考えるのを放棄した。

それよりも、あんなペースで飲んでも大丈夫なんだろうか？　今までいろんな物を一緒に食べてきたから、食べ物に関してアレルギーなどがない事は分かっているのだが……鳥の二日酔いってあるのかね？

そのアクアの近くで、コログウもジョッキに顔を突っ込んで酒をかっ食らっていた。酒が尽きると、傍にいるドワーフさんがなみなみと注ぎ足し、またそれをコログウが飲む、といった光景が繰り広げられている。

ただし、コログウはそんな風に顔を突っ込んでいるというのに、酒をこぼしたり周囲にまき散らしたりする事がないのだ。飲むペースもドワーフの皆さんやアクアと大差ない……間違いなく、自分が一番酒量が少ない。というか真似できんよ、あんなハイペースな飲み方なんて。

そんな感想を抱いていると、ついに床に大の字になって寝始めるドワーフが一人、二人と徐々に現れ始めた。

豪快に飲んで豪快に寝る、か。そんな生き方が少し羨ましいと感じたのは、ないものねだりだな。自分だって、ブラックな会社が多い中、ホワイトに働いて食っていけるだけの収入を得ているんだ。それだって他の人から見れば——やめよう、こんなときにリアルの事を考えるのは。せっかくのファンタジー感がお亡くなりになってしまう。

そして半分ぐらいが酔い潰れたところで、歓迎の酒宴はお開きとなった。何でも、酔いつぶれて寝てしまったドワーフとそれを担いで帰れるドワーフが大体釣り合ったら、酒宴はお終いになるって決まりがあるんだそうで。アクアは酔っぱらって意味不明な鳴き声を上げてるし、コログウももう今日はここから動かなーいと言わんばかりのオーラを発している。ま、別に構わんけどね。コログウがこっちに敵意を持っていないってのは十分分かっているから、放置しておきましょ。

にしても、この一部屋がなぜ異様にデカいのかを理解したよ。この家はこういう酒盛りで使う場所でもあったたって事なんだろう。一種の集会場だ。個室もあるから、寝ちゃったらそこを利用すればいいのだし。

さて、今日はもうログアウトだ。リアルでもしっかり寝ないとね。少なくとも、掲示板の皆さんのようにせっかく到着したにもかかわらず、街の外で寝る羽目にはならずに済んでよかった。

◆　◆　◆

翌日。残業を終えて帰宅後にログインすると、部屋の中にアクアの姿がなかった。

（あれ？　珍しいな。何かあったのかな？）

アクアはあくまで同行者だから、契約妖精とは違い、四六時中自分の傍にいなければいけない、というルールはない。ないのだが、ログアウトするまで一緒で次にログインしたときにすぐ傍にいないのは初めてだっただけに、今どうしているのかが気になる。

とりあえず装備を着込み、身支度を整えてから個室を出る。昨日お酒を飲んだ部屋に、コログウはいなかった。これはさすがにずっと一か所に留まってるわけもないか。

借りている家を後にして、しばし街の中を歩く。まあドワーフお約束の鍛冶をする音があちこちから聞こえてくるし、色々なお店が出ていて各種武器がずらりと並んでいる。性能も非常に高いが、使われている鉱石がやはり目に留まる。

そう、ファンタジーでお約束鉱石の一つである、ミスリルが使われているのだ。この世界のミスリルは緑色なのだろうか？　ほとんどの武具がエメラルドグリーンに近い輝きを放っている。

ミスリル以外だと、ダマスカス製の装備がちらほらあった。

あまり詳しくないが、古代インドでウーツ鋼（こう）から作られた刀剣類が、ダマスカスナイフなどと呼ばれているのだったかな？　で、現代に復活させようとしているが、今ある物は古代の物とは違うという説もあって、失われた技術扱いだったはず。あとで少し調べてみるか……こういうとき、ネットは便利だね。

お店に置かれている商品は全体的に武器が多いな。鎧もあるんだが、武器が七割近い感じだ。鎧は体形に合う合わないがあるから、オーダーメイドで請け負っている可能性もあるけど。

置かれている武器は、ナイフにロングソード、騎士剣に両手剣と、刀剣系統が圧倒的多数だ。斧もあるけど数は少ないし、スネークソードやナックル系統はほぼ見かけない。そして銃っぽい武器は一切ない。ドワーフ側として、技術を他に広げる気がないという事なのかね？

（それにしても、こんなにたくさん店を構えていて、モノが売れるのかね？　それとも、物を作るのはドワーフの本能みたいなものって可能性もあるか。売れる売れないは二の次三の次って考えかもしれん）

まあ、ドワーフの生き方にケチをつけるつもりはないので、そこら辺は深く考えないでおこう。

それにしてもアクアはどこに行った？　結構歩いているが、まだ影も形も――

「おう、アクアちゃんありがとよ！　てめえら、もうちっと根性見せろ！　アクアちゃんに負担をかけんな！」

なんか、聞こえてきたぞ。アクアちゃんって……

声のしたほうに足を向けるとそこは工場で、数名のドワーフが、真っ赤に熱されたデカい鉄

（？）の塊を両手持ちのスミスハンマーでブッ叩いているところだった。

よく見ると、単なる力任せではないようで、それぞれが打つべき場所を見定めた上で、とんてんかんとんてんかんと順に叩いている様子だ。話は違うが、とんちんかんという言葉は、この鍛冶のとんてんかんという音が揃わなくなった様子から生まれたって聞いたが、本当かねえ？

で、アクアは何をやっているかというと、全員の頭の上に水弾を生み出して冷やしてあげている。時々、首筋にも水弾を発生させている。離れている自分でも熱気を感じるんだから、ドワーフの皆さんの暑さは想像もできない。

それでもとにかくひたすら叩き続け、脆くなる原因の不純物を取り除かねばならないのだ。

「野郎ども、もう少しだ！　根性入れて叩きやがれ！」

「「「おおっ!!」」」

——だそうだから、邪魔にならないようにもう少しここで作業を見守ろう。

そうして一〇分——はかかっていないと思う——ぐらいでドワーフ達は叩くのを止めた。金属塊は天井から降りてきたアームに掴まれて浮き上がり、すぐ傍にあった焼き入れ用の水の中にゆっくりと下ろされる。

たちまち大量の蒸気が沸き上がるが、ドワーフ達もアクアもビクともせずにそれを見守っている。

「ようし、野郎ども！　今日の作業はここまでだ！　各自帰ってしっかり休め！　酒はほどほどにしておけよ？　ここからもう一つ二つ大仕事があるんだからな！」

まとめ役のドワーフがそう言うと、ドワーフ達は自分の顔をタオルで拭いたりしながら引きあげていく。さて、そろそろいいかな？

「アクア、お疲れさん。とりあえずこれでも食うか？」

と、久々に【ドラゴン丼】をアイテムボックスから取り出す。お腹が減っていたようで、アクアはものすごい勢いで完食した。それにしても、アクアがドワーフの皆さんと一緒に仕事をするようになるとはなぁ。

「おお、あの兄ちゃんか。あんたの相棒はすげえな、これだけの水魔法の使い手はそうそういねえぞ！　おかげさんで作業中に熱でぶっ倒れる奴がいなくなって助かってる。本音を言えば、ずっとここにいてほしいぐらいだ！」

まとめ役ドワーフがそう声をかけて来た。見覚えがないんだが、おそらくあの酒宴の中にいたんだろうと思われる。ドワーフの皆さんの顔はかなり似ていて、判別がしにくいという言い訳も追加したい。

「その辺はアクア次第ですから。大事な仲間ですが、アクアが強い意思で何かをしたいと言ってきた場合は受け入れるつもりです。言葉こそ話せませんが、簡単な筆談はできますからね」

アクアに限っては知性の低さという言葉とは無縁だ。まあ鳥の姿をしていても妖精だから、体の大きさに見合った脳の大きさだから人と同等かそれ以上の知識を蓄えられるのかもしれない。その辺は謎だが、暴く必要はないな。

「そうかい。でもまあ無理だってのは分かってるさ。あくまで兄ちゃんがここにいる間だけ助力してくれるって感じだもんな。んで、兄ちゃんは悩みがあるんだって？　アクアちゃんから大雑把には聞いたんだが、鎧に問題が起きてるそうじゃないか」

ぬぬ、アクアがそこまで気を回してくれていたのか。ありがたいやら申し訳ないやら……話を聞いてもらえる機会を作ってくれた事に心から感謝しよう。

「そうですね……とにかく見てもらったほうが早いでしょう、素人があれこれ口を出せないレベルだと思いますし」

自分も鍛冶はやってるけど、鎧なんて作った事がない。そもそも自分レベルの鍛冶スキルなんて、ドワーフの皆さんから見ればないのと同じレベルだろう。

装備を解除し、大きなヒビが入った鎧をまとめ役ドワーフの前にゆっくりと置く。

その瞬間、彼の目の色が変わった。

「おいっ!?　これはまさか……ドラゴンスケイルじゃねえか!?　しかもこの形と色合い……ちっと待ってろ！　確かこの鎧に関する記録が残ってたはずだ！」

言うが早いか、工場の奥にふっ飛んでいくまとめ役ドワーフ。ああ、やっぱり大事（おおごと）になってしまうか。しかし、この鎧に関してはドワーフの手を借りる以外に解決策がないのだから仕方がない。

少し待っていると、まとめ役ドワーフが一冊の本を携えて戻ってきた。

「兄ちゃん、ここを見てくれ。こんなヒビが鎧に入る前は、こういう形で間違いなかったか？」

やや短くて太い指が本の挿絵の一つを指さす。よく見せてもらうと、確かにそこには壊れる前の鎧の姿が描かれていた。

「はい、これです。ちょっとした縁でドラゴンと関わった事がありまして、その際にこの鎧を頂いたんです」

自分の説明に、まとめ役ドワーフは天を仰ぐ。その後、まとめ役ドワーフが口にした言葉は……

「兄ちゃん、この鎧はドワーフの歴史の中でも稀代の天才名工と言われた奴が、ドラゴンと協力して作り、ドラゴンの王に献上したものなんだよ。この鎧を完璧に修理しようとするなら、並のドワーフじゃ手も足も出ねえぞ。更に言うと、作った天才名工は寿命を迎えて今は墓の中だ」

今度は、この言葉を聞いた自分が天を仰ぐ。どうやら、この鎧を直すのは自分が予想していたレベルを大きく超える難しさのようだ——

22

まとめ役ドワーフが持ってきた本を借り、分からない部分に助言をもらいながら、読み進めた。専門用語とか、なぜか明らかに暗号化されている部分もあり、まとめ役ドワーフでも分からない点が幾つもあったので完璧とは言い難いが——大雑把にまとめると、こういう事らしい。

今からずっと昔（この時代のドワーフは、あまり年月を記載するという考えがなかったようだ）、一人の名工がこう思った。

「穴倉の中で、ずーっと剣やら鎧やら作ってるのは飽きた。たまには外に出て太陽の日を浴びながら、変わった素材で武具を作りたい」

その名工は、弟子をはじめとする大勢の人が引き留めるのを振り払い、地底世界から地上へと足を運んだ。そうして自分で作った両手斧と鎧を相棒にいくつもの冒険を繰り広げ、鍛冶に使える様々な素材との出合いを果たした。

無論、そうした素材の全てが良い物であったわけではないが、刺激を受けた名工は様々な品を試作しながら冒険の旅を続けた。

そしてあるとき、ドラゴンと出会う。

最初こそ剣呑な雰囲気になったものの、酒が大好きであるという共通点を見つけた両者は殺気を投げ捨てて、酒盛りを行った。その中で、名工はドラゴンにこう漏らした。

「いろんな金属を見てきた。でも、もうちょっと変わった素材が欲しい。そしてその素材で存分に腕を振るって、今の自分が生み出せる最高の武具を作ってみたい」と。

その言葉を聞いたドラゴンは、彼を己の国へと招待した。そこで名工は、ドラゴンの骨、革、鱗に出合う。無論ドラゴンを殺して手に入れたのではなく、寿命を迎えたドラゴン達の遺体から、他のドラゴン達の許可を得て。ドラゴン側も、自分の親や兄弟が、姿こそ変われどこの世に有り続けるのなら、それもまたよしと考えたのだった。

そんな両者の考えの一致のもと、名工は腕を振るい続け、ついにドラゴンの鱗を生かした一つの鎧と、ドラゴンの骨を生かしたひと振りの巨大な剣を打ち上げる。

「今の自分にできる最高の技が、今こうして形になった。世話になったドラゴンの王様に、この二つを献上したい」

名工にとっては最高の一品を作り上げる事そのものが目的であって、出来上がった物には関心がほぼないと言ってよかった。なので、素材を提供してくれたドラゴンに自分の作品を献上する事で礼としたようである。

そして名工はドラゴンの国を後にして地底世界へと戻り、地上で学んだ事をもとに更なる武具を作り続け……ある剣を鍛え上げた後、その剣の前で満足そうに永遠の眠りについた。

その最後の作品はドワーフ族の宝となり、三都市のうちのある場所で安置されている。この剣を超える事が、今のドワーフ達全体の目標の一つ。しかし未だに、名工を超える人物は現れていない——

「この名工の人、行動力が凄かったんだなぁ」

物足りないからといって、生まれ育った世界から出ていくんだから……しかも、本ではかなり端折（はしょ）ってあるが、ドラゴンと相対しても引かなかったようだし、相当な戦闘力を持っていたんだろう。自分だって初めてドラゴンと出会ったときは足がすくんだからなー……グリーン・ドラゴンと戦ったときは、頭に血が上っていて恐怖を感じなかっただけで。

「確かにこの名工は、ドワーフの中でも伝説の人物だな。この名工が最後に鍛えた剣は、未だに超えられない壁になっている。なかなかそうはさせてくれない分厚い壁だ。まっ、そのほうが挑み甲斐があるってもんだがよ！」

　まとめ役ドワーフはそう言って笑みを浮かべる。

「でも、そんな剣が眠り続けているってのはちょいともったいない気もしますね。誰か、その剣を振るってみようとしたドワーフの方はいらっしゃらなかったんでしょうか？」

　剣は振るってこそなんぼ、芸術品として飾られているだけでは、剣の本分は果たせまい。そう考えて聞いてみたのだが。

「あー、確かにそういう奴もそれなりにいたぞ。誰も振るえなかったけどな。剣自身に意思があってな、自分を十全に振るってくれる奴じゃねえと拒絶するんだわ。俺も、挑んではみたが断られた奴の一人だよ」

　ああ、なんか伝説の剣にはお約束のそういう面があるのか。それじゃあ剣が眠りっぱなしでも仕方がないか。

「でも、今度地底にやってきた人間の中に使える奴がいるかもしれねえな。もしあの剣を使える奴がいたら、自動的にその剣はそいつの物になるって決まりがあるからよ。話を聞いて兄ちゃんも興味を持ったんなら、急いで向かう事を勧めるぜ？」

そんな事をまとめ役ドワーフから言われるが……考えるまでもなく、自分には無理だ。おそらくだが、プレイヤーの中で両手剣に関するスキルが一番高い人じゃないと扱えないいんじゃないかな？　そんな気がするんだよねえ。

「うーん、見たい気はしますがね。自分の得物は弓とか、この子ですから」

と、まとめ役ドワーフに【円花】改め【真同化】を実体化させて見せる。

その瞬間、まとめ役ドワーフが再び目を見開いた。

「兄ちゃんは、魔剣の使い手だったのか！　それならどんな名剣も必要ねえわな。同化できるほどの信頼を魔剣と築いたなら、他の剣は邪魔になるだけだろう」

そういう事。もう自分にはこの【真同化】だけでいい。だから、その剣を見てみたくはあるが、使ってみたいとか握ってみたいって欲求は全く湧かなかった。そんな事より、鎧の修理が絶望的であるってほうが、自分にとっては重要だ。

普通のスケイルメイルだと、マスタリースキルがない自分が着込むと重量で大きく機動力が落ちるし、何より動くたびにがちゃがちゃ煩いから隠密行動がとれなくなる。レザー製ならマスタリースキルがなくても着られるけど、防御力がガタ落ちになるのは間違いない。かといって、魔法メインのプレイヤーじゃないからクロース……布防具は論外だ。魔法的防御はともかく、物理的防御が壊滅的になる。

「まあ剣の話はいったん横に置いておくとして。自分にとっては、このドラゴンスケイルライトアーマーを何とか修繕しないと、今後が辛いどころじゃなくなるんです。何とかなりませんか？」

いくら魔王様から貰った外套がインチキレベルであるといっても、その下が脆いのは正直怖い。このドラゴンスケイルライトアーマーを何とか修繕し、これからも頼りにしていきたいというのが自分の本音である。

「うーん、こっちとしても何とかしてやりたいのはやまやまなんだがよ、俺達の手に負える一品じゃないからなぁ。だが、ドワーフ三大都なら、腕のいい職人も多く集まってる。三大都のどれかに行けば、直す事ができる職人がいる可能性はあるな」

そうか、ではどうあってもドワーフの三大都に向かわなきゃいけなくなったな。ただ、そこに向かう途中ではしっかりとこの地底世界を調査して、魔王様の遺体を探す事を忘れてはならない。

「それでは、向かう事にします。しかし、道が分かりません。地図か何かないでしょうか？」

この質問に対してまとめ役ドワーフが返してきた言葉は、予想外の内容だった。

「おいおい兄ちゃん、この世界をいちいち歩いてたらきりがねえぞ。本数は少ねえが、俺達の街の地下には各街を行き来できる蒸気トロッコって乗り物が走ってる。そいつを使うんだ」

おいおい、ここでそんな乗り物の登場ですか!?　一気に文明が進んだぞ。と同時に、この地底世界がそれだけ広いって事だよな。魔王様の遺体探しも、事前の予想を超えて難航しそうだぞ……

◆　◆　◆

一部の界隈はファンタジーから産業革命まで一気に時代がふっ飛んでいると判明したが、とにかく移動に関しての不安要素はほとんどないと考えていいだろう。

でもドワーフ三大都へ移動するのは、この街の周囲をよく探索し、魔王様の遺体がない事を確認してからになる。リアルのほうも残業の時期が終わり、「ワンモア」世界に割ける時間が増えたので、毎日の探索はそこそこのスピードで進んでいる。アクアの協力もあるしね。

そのアクアだが、自分がログアウトしている間は、ドワーフの皆さんの仕事をサポートする生活を続けているようだ。無論それが無償ではなく、食料を貰えたりドワーフが自分に色々と便宜を図ってくれたりという見返りがある事を、アクアは理解している。おかげで、ドワーフの鍛冶技術を一部伝授してもらったり、新しい弓の製作に関する助言を貰えたりと、自分は大いに助かっている。探索についてといい、そういった面といい、アクア様々である。

ただ、鍛冶スキルのほうはレベルアップのしなさ、並びに蹴りスキルのように『ドワーフ流』みたいな注釈が入らない事が気になる。伝授されたのがあくまで一部だからなのか、それとも自分の鍛冶技術の経験が根本的に足りないせいで使いこなせていないためか。こればっかりは考えても分からない。

今優先する事は、魔王様の遺体探しとドラゴンスケイルライトアーマーの修復。その二つが終わらないと、鍛冶作業の本格的な訓練には取りかかれそうにない。

「うーん、ここにもこれといった収穫はなしか。あの街の周囲の地図はこれで完成しちゃったし、魔王様の遺体があるのはこの近辺ではなさそうだ」

「ぴゅい」

そして今日、街の周囲の探索が終わった。アクアの足で走り回ってもらい、地図を製作しながらしらみつぶしに探したので抜けはない。唯一存在した危険地帯である霧の地底湖も、探索は済んでいる。この地底湖だけはアクアから降りて自分一人で探索する必要があったため、時間はかかったが……魔王様から貰ったマントのおかげで冷気が自分の体に届く事はなく、問題なく終わった。

地底湖の水はひたすら澄んでいたが、飲んだ人の全身を凍らせて死に追いやる呪いみたいなのが付与されているようなので、水筒などに入れて持って帰るのは止めておいた。

戦闘のほうは、初めてドワーフの街にやってきたときに命を収穫する者とやり合った以降は一回もない。たまにコログウが近寄ってくるが、こちらが挨拶して特に何の問題もない事を伝えると、向こうもさっさと立ち去っていく。もうちょっと探索中に襲われるかと思っていただけに拍子抜けしたが、邪魔が入らなかったからこそ探索が良いペースで進んだとも言える。

あとは街に戻り次第、ドワーフの皆さんに旅立ちの挨拶をすればいいか。そう考えを纏めてアクアの背で揺られていると、《危険察知》が久しぶりに敵の反応を捉えた。

（おろ、敵か。久しぶりだな——って数が多いな!?　命を収穫する者の反応が二四体分もあるぞ。それに加えて、四つほど識別不能の反応がある。命を収穫する者と同行している点と、数が少ないという点から考えられるのは、隊長格か。だが、どうも進行方向は自分に向かっているんじゃなくて……ドワーフの街かこれ!?）

少しアクアに足を速めてもらい、様子を窺うが、命を収穫する者の団体さんが進む方向には一切変わりがない。やはり間違いなく、この団体さんはドワーフの街を目指している。襲撃するつもりか。

「アクア、飛ばしてくれ！　団体さんがドワーフの街に到着する前に、情報を伝える必要がある！」

「ぴゅ！」

自分のお願いを聞いたアクアは一気に加速。前方にあった命を収穫する者達の《危険察知》反応をあっという間に追い抜いていく。それでも、ここは街からそう離れた場所ではない。大した時間は稼げないだろう。なんだってこのタイミングで……いや、街の防衛に協力できるんだから、むしろいいタイミングだったと考えよう。

さて、この速度ならそろそろ街だ。タイミングを見計らって息を吸い、大声を出せるように準備しておく。そして——

「敵襲！　敵襲ーっ!!　命を収穫する者の団体がこの街に向かってきているぞーっ!!」

自分の声に驚いたのは一瞬だけで、ドワーフの皆さんは即座に臨戦態勢に入った。すぐに近くの建物に入ったかと思うと、各自鎧を着込んできた。そこが詰め所みたいなものだったんだろう。それにしても着込むのが早いな、特注品か。

あと、次々と大砲に弾込めが行われ始めた。この感じなら、敵がここに到着する前に全ての準備が終わるだろう。と思っていると、からこんからこんと鳴子(なるこ)のような音が響いてきた。

「あの兄ちゃんの言った通り、お客さんがぞくぞくとこの街に向かってきやがるぞ！　てめえら、早く大砲や小砲、手持ち武器の準備を整えろ！　あのくそったれな連中を蹴散(けち)らすぞ！」

「「「「おうっ！！！」」」」

そんな声も聞こえてくる。鎧姿で指揮を飛ばしているドワーフを、勝手ながら団長ドワーフと呼ぶ事にするか。

団長ドワーフの指揮のもと、ドワーフの皆さんは整然と動く。やがて街から目視できる距離に命を収穫する者達の姿が現れたが、その時点ですでに、ドワーフ側の戦闘準備は完全に整っていた。

「あの連中は僅かな隙間や空間からでもするすると寄ってくるからな、弾をケチらず面制圧で潰せ！　ケチらず十分な密度を保ちながら吹き飛ばせ、だ！　忘れてねえだろうな!?」

「「「「おうっ！」」」」

最初は大砲を撃つはずなので、その邪魔にならないように自分は後ろに下がっている。まずは戦い方を見せてもらって、足りない部分があるなら手を貸すぐらいでいいだろう。

少しのにらみ合いの後、命を収穫する者達が、スルリとアイススケートで滑るかのように街に向かって進み始める。それが開戦の合図となった。

「撃てーーーーーっ!!」

団長ドワーフの大声と共に、大砲が一斉に火を噴いた。弾を放った大砲には、すぐに次弾が込められていく。また、大砲を水魔法で冷やすドワーフもいる。リアルではできない冷却方法だな……

弾込めが終わった大砲は、すぐさま発射されて前方を大きく焼き払う。どうやら撃ち出されている弾は、リアルで言うナパーム弾とクラスター爆弾の掛け合わせのような兵器らしい。砲弾が地面に着弾すると、そこから複数の子弾が周囲にばら撒かれ、その子弾が地面に触れるか命を収穫する者に触れると大炎上を起こす。その炎が一気に命を収穫する者達を焼き払うのだ。

「まだまだいるぞ、全滅するまで撃て撃て撃て!」

団長ドワーフの声に呼応するように、大砲は火を噴き続ける。次々と火あぶりになる命を収穫する者達。しかし、なおも前進を止めずに肉薄しようとするその姿に、思わずゾッとした。ましてや顔がのっぺらぼうのマネキン姿だから、余計に恐怖心を掻き立てられる。

だが自分と違って、ドワーフの皆さんの顔に焦りの表情は浮かんでいない。

「連中が近寄ってきたぞ、小砲を持ってる連中は射撃態勢を取れ! ——よし、撃て!」

すでに待機状態に入っていた小砲持ちのドワーフの皆さんが、次々と弾を放つ。こちらはかなりリアルの銃に近い形だ。ただし口径がデカいし、一発の反動がものすごそうなので、普通のプレイヤーには扱えないだろう。ガチガチに筋力と体力を高めた戦士ならいけるかもしれないけど。

放たれた弾は発火せず、命を収穫する者に命中すると爆発して、軽くではあるが後退させていた。その動きが止まったところに大砲の弾が降り注ぎ、周囲を火の海へと変える事で討ち取っていく。

「そのまま近づけるな！　この調子で数を減らせ！　なだれ込まれたらこちらの負けだぞ！」

団長ドワーフの号令に従ってドワーフ達は大砲と小砲を遠慮なく撃ちまくり、命を収穫する者達を一定距離から近づかせずに倒している。

その様子を見て、かなり後方にいた四体の識別不明連中がついに動き出した。目視できるところまで近づいてきたそいつらは、命を収穫する者をメタリック加工した感じの存在だった。まるで金属のマネキンだ。

「ちっ、数が多いとは思っていたが、やっぱり指揮を執る上位種がいやがったか！　小砲部隊は順次インパクト弾からドリルイーター弾に切り替えろ！　もたもたするな！」

ふむ、ドワーフの皆さんが使う弾丸も、いくつか種類があるんだな。

なんて感心している場合じゃない。自分も【重撲の矢(じゅうぼくのや)】を取り出し、弓に番える。これで衝撃を加えれば、足止めぐらいはできるはずだ。そこをドワーフの皆さんに倒してもらおう。

火の海の中を突き進んでくる上位種のうち、一番前に出てきている奴に狙いを定める。

自分が安心してここを離れるためにも、お前さん達には全滅してもらう事にしよう。ついでに、自分の攻撃が通じるのかのテストをさせてもらおうか。

23

【重撲の矢】は射程距離が落ちるというデメリットがあるので、ある程度引きつけないといけない。ドワーフ達の放つ弾丸を受けながらも確実に前に出てくる姿が怖いが、さすがに速度は落ちているので、狙いやすくはなっている。なので頭部に狙いを定めるのも、容易いものだった。

飛んでいった【重撲の矢】が上位種の頭部に直撃すると同時に、年末に百八回叩かれるお寺の釣鐘のような音が周囲に響き渡った。

(ん？　もしかしてアイツの中身って空洞か？)

どうやって音が響いたのかよく分からないが、あとで確かめればいい事か。

それと、この音が響いた後にちょっとした変化があった。ドワーフ達はちょっと驚いた程度だったが、命を収穫する者達の動きが狂い始めたのだ。具体的に言えば、突然進む方向が滅茶苦茶になったり、さっきまで防御のために使っていた腕を駄々っ子のように振り回し始めたり……明らかに、意味があるとは思えない行動をとり始めている。

「なんだかよく分からんが、これは好機だ！　お前達、この機会に全部ぶっ潰してしまえ！」

団長ドワーフの声が聞こえたとほぼ同時に、ドワーフ達の猛攻が始まった。射撃から、馬鹿でかいハンマーを担いでの近接攻撃に移り、一気に命を収穫する者達を破壊し始めたのだ。というか、鈍器ってあったのか……プレイヤーには使う事ができない武器種のはずなんだがな。

命を収穫する者達はまだ混乱が収まらないらしく、ドワーフのハンマーに潰されるがままになっている。それは、まるでコンピューターウィルスを流されたがために制御不能になった機械であるかのようなイメージを、自分にもたらした。

それから数分後、普通のも上位種もまとめて命を収穫する者達は全滅し、ドワーフ達は勝利に沸いた。終わってみれば、ドワーフ達の一方的な勝利。自分がやった事は、【重撲の矢】を一本、上位種に放っただけ。ハッキリ言って、自分がここにいてもいなくても何も変わりがなかったな。

と、引きあげるドワーフ達の一部が、上位種のパーツを手にしているのが気になった。あれ、鍛冶の素材になるのか？　どういう事かと見ていた自分に、団長ドワーフが近づいてきた。

「おう、お疲れ。今回は、兄ちゃんが奴らの接近をいち早く教えてくれたおかげで楽ができたぜ、ありがとうよ」

良い笑顔と共に、そんな言葉をくれる団長ドワーフ——そうだな、ちょっと聞いてみるか。

「いえ、お役に立てたのなら何よりです。それと、いくつか聞きたい事が出来てしまって、教えられる範囲でいいので聞かせていただけると助かるのですが……まず、あの命を収穫する者との戦いはよくある事なんですか？」

最初の質問に対して、団長ドワーフは一つ大きく頷いてから答えをくれた。

「ああ、あいつらとの戦いはある意味日常の一つだな。戦闘だから油断はできねえが、まぁここに住んでりゃちょくちょくある事だ。慣れちまえば、別に焦りもしねえよ。実際、こっちは誰もかすり傷一つなかったろ?」

なるほど。んじゃ次行ってみようか。

「これも先程の戦いに関係する事なのですが、突撃兵の皆さん、とでも言えばよいのでしょうか? 彼らは馬鹿でかいハンマーを手に前に出ていきましたよね? あれはドワーフの皆さん専用の武器なのですか?」

もしプレイヤー側でも使えるとしたら、一部の打撃が弱点のモンスターとの戦いが楽になる。今のところは斧とかで叩くのが基本だが、より打撃に特化しているハンマーを使えるのであれば、掲示板などで知らせる価値のある情報だろう。そう考えての質問だったのだが……

「ああ、あれかい。なら試しに兄ちゃんが持ってみるかい? 使えるんだったら一つ二つくれてやっても構わんよ」

と、団長ドワーフは先程の戦いに使っていたハンマーを持ってこさせて、自分の前に置いた。

「ほれ、持ち上げてみろ。遠慮はいらんぞ」

その言葉に頷き、遠慮なく握りの部分を手にして持ち上げようと試みる。しかし、ピクリとも動かない。

「何だこれ、どういう重量が……」

ちょっと変な日本語が口から出るくらいに重い。気合いを入れ直し、全力を込めて持ち上げようとしてみたが、やはりピクリともしなかった。ドワーフ達は先程の戦いで、こんな重たい物を振り回していたのか？　なんという怪力だよ。

「まあそうなるだろうなぁ。別に兄ちゃんが非力ってわけじゃねえぞ？　ドワーフの中でも特に力自慢の連中がみっちり鍛えて、やっと持てる重量だからな。逆にそれぐらいの重量がねえと、あいつらを押し潰す事はできねえんだよ。分かったかい？」

ああ、よく分かった。こんなの、普通のプレイヤーには振り回せるわけがない。ドワーフ専用装備と考えていい——もちろん、重量を抑えた物を作れば、プレイヤーでも使えるだろう。でも、それで今のプレイヤーを満足させるような火力が出せるだろうか？　多分無理じゃないかなぁ。

「ではこれが最後の質問になりますが、先程倒した上位種のパーツを持ち帰っている人がいました。あいつらの残骸って鍛冶に使える素材になるんですか？」

これもぜひ聞いておきたい事だった。奴の体のメタリック具合から、鍛冶の素材になってもおかしくはないと思えた。が、もし向こうが言いよどんだら、それ以上は突っ込まないつもりだ。何もドワーフの鍛冶技術を丸裸にしたいわけじゃないからな。そんな事をもくろんで、ドワーフの皆さんとの仲を悪化させたくはない。

「あれか。あれは言葉で言うより実際に見たほうが早いだろうな。おおい、この兄ちゃんへの報酬は確保してるだろうな？　そうだ、あれだ！　とっとと持ってこい！」

そんな団長ドワーフの声に従って、一人のドワーフが持ってきたのは、上位種の肘から下の部分だった。報酬とか言っていたけど、これがどう報酬になるんだろう？　色々と調べてみたが、どういった鉱物から出来ているのか、ちょっと想像がつかない。ある程度の厚みがあるだけで中は空洞になっており、どうやって指を動かしていたのか分からない。

「そいつをな、地面に向かって叩きつけてみな。思いっきりやれよ」

これを、地面に？　言われた通りに思いっきり叩きつけると……モンスターを倒したときに出る光が一瞬視界を塞ぎ、その後でいくつかの鉱石が地面に転がっていた。この鉱石は、どこから出てきた？

「とまあ、あの連中の残した体の一部は、地面に叩きつける衝撃でいくつかの鉱石になるってわけだ。なんでこんな変化を起こすのか、なんて質問はやめてくれよ？　こっちだってそこはよく分かってねえ。ただ、こうすれば鍛冶に使える材料が手に入るって事だけ知ってりゃ、それで十分だろ？　その鉱石が、連中の接近をいち早く知らせてくれた兄ちゃんへの報酬だ。遠慮せず全部もってけ。鉱石が分かんなきゃ、教えてやっからよ」

へえ、そういう仕組みか。まあ、なんでそうなるのかを調べるのは学者の仕事か。

地面に転がった鉱石を早速手に取ると、最初の一つを調べた時点でいきなりむせる事になった。

【鉄鉱石・極】
鉄鉱石の中でもめったにお目にかかれない高品質なもの。
鉄と侮るなかれ、この鉄鉱石で作った武具は、並の魔剣など叩き折る性能を秘めるのだから。

なにこれ。説明文からして色々とおかしい。残りの鉱石は……緑色っぽい鉱石と、オレンジっぽい鉱石だけど、どっちも鑑定が通らない。自分の鍛冶スキルでは判別できないようだ。その事を団長ドワーフに伝えると……

「ほう、兄ちゃん、運がいいな。こっちの緑色っぽいやつは【ミスリル鉱石】だ。兄ちゃんも聞いた事あんだろ？　もう一つは【ゼノガイト鉱石】だな。こいつは刃物を作るときに使える、なかなかいいやつだ。地上の鍛冶屋に売ってやれば大金が積み上がるだろうぜ」

おおう、これがファンタジー名物のミスリルか。という事は、ついにプレイヤーもミスリルの武具を身につける事ができるようになるんだな。もう一つのゼノガイトという鉱石の事は知らないが、これも優秀な刃物にできるそうだから、アイテムボックスで腐らせる事にはならないだろう。

「あいつらの上位種は体を鉱石から作ってるらしいってのが、ドワーフの学者連中が調べた結論だ。どこまで正しいか分からねえが、上位種を狩ればこうやっておいしい鉱石が手に入る可能性があるって事を覚えておくと、損せずに済むだろ」

なるほど、その情報も報酬の中に入っているのか。確かにこれを知らずに、上位種の体を店売りなんかしてしまったら、もったいないどころの話じゃないな。ありがたくこの情報も頂戴するとしよう。

なんにせよ、これで一切の憂いなく落ち着いて出発できるってものだ。

今日はもうログアウトして、明日この街を発とう。

地底世界もやっぱり）雑談掲示板 No.3642（「ワンモア」仕様でした

338：名無しの冒険者 ID：f5wewDgbN
　で、地底世界の攻略の進み具合はどうよ、皆？

339：名無しの冒険者 ID：IKrdh25dr
　そうポンポン進むわけねーでしょうが……
　かなりの人が、ドワーフの街に到着するのにも四苦八苦したって話よ

340：名無しの冒険者 ID：ERAYhre5w
　そうそう、サクッと到着できた人と全然たどり着けない人の差が
　えげつなかったって聞いたぞ

341：名無しの冒険者 ID：EFqqf5We1
　どこでもいいからたどり着ければ、それ以降は安定するんだけどねー……
　地下に蒸気機関車も走ってるし

342：名無しの冒険者 ID：ed2dFw1fe
　いや、あれは正確には蒸気トロッコだろ……
　遊園地にある小さい子が乗るようなやつをバージョンアップして、
　大人が乗ってもおかしくないですよって感じにしたというか

343：名無しの冒険者 ID：RGWrf6f89
　でもあの蒸気トロッコに初めて乗った時、
　ドワーフ達はどこから食料を調達してるんだ？って謎が解けた

344：名無しの冒険者 ID：WEGg2yhjG
　あー、うんうん
　あの蒸気トロッコが走っている場所の近くに川と畑があるんだよね
　あそこで野菜とか色々作ってたんだって。ある意味スペースの有効利用？

345：名無しの冒険者 ID：weaf21eNc
地上……って言い方はおかしいけどさ、
上だと命を収穫する者とかいうマネキンが襲ってくるから、
農作業なんてできねえもんなぁ
それに、蒸気トロッコが走っている場所はなんでか光源もあったし、
あそこでしか農業のやりようがないとも言えそう

346：名無しの冒険者 ID：HesrhCV2d
リアルで言うハウス栽培とかに近いやり方だね
そんな畑のど真ん中を走るからこそ、
蒸気トロッコは石炭なんかを使わないんだなぁ

347：名無しの冒険者 ID：JHTtres2j
え？　あの蒸気トロッコの燃料って石炭じゃねえの？

348：名無しの冒険者 ID：fJYTtrj3y
違うよ、特別に調整した、煙が一切出ない固形燃料で走ってるみたい
そうじゃないと野菜が食えなくなっちまうって機関士ドワーフが言ってた

349：名無しの冒険者 ID：DGSFsda2y
言われてみればそうだな
煙まみれの野菜を口に運ぶなんてちょっと勘弁願いたいもんねえ

350：名無しの冒険者 ID：Gr5gE51cs
何らかのバッドステータスを食らいそうだよな

351：名無しの冒険者 ID：i2vUr1rvw
「ワンモア」だもん、そこら辺の調整がないなんて絶対あり得ない
農業メインのプレイヤーが、土壌の良し悪しによって
採れる野菜の品質が目一杯左右されるって言ってたし

352：名無しの冒険者 ID：Geasg2WER
なあ、地底世界ってフィールド探索の難度が高すぎねえ？

353：名無しの冒険者 ID：RSge2RE2f
防寒具の上に雨具を纏わなきゃいけないせいで行動の制約がきつくて、
戦闘がやりにくくてしょうがねーよ。動きにくい

354：名無しの冒険者 ID：EGFeaf2f5
雨具と防寒の両立ができる装備って数があんまりないんだよね
だからどうしても嵩張るし着ぶくれる……
そしてそんな装備で動きが鈍くなる……
地上ならこんな奴に後れは取らないのに、って思う事は何回もある

355：名無しの冒険者 ID：5dc5ceaev
命を収穫する者とか変な虎とか、敵が俊敏な奴ばっかりだから、
スゲーやりにくい……

356：名無しの冒険者 ID：THsgh2Fw2
虎に攻撃しちゃった人か、ご愁傷さま
虎は手を出さなきゃ、命を収穫する者との戦いに
加勢してくれる事もあるのにねぇ

357：名無しの冒険者 ID：EFes2E69f
そうだと知ってたら誰も手を出さなかったと思うぞ？
運営の罠だったんだろうねえ、あの虎。おのれ「ワンモア」め

358：名無しの冒険者 ID：DSFeasf2w
あの虎がドワーフと協力関係にあるせいで、
敵対したら街に入るのを断られたって報告もあったよね
で、地底世界を当てもなく歩かされる羽目になった人もそこそこいるみたい

359：名無しの冒険者 ID：efaef5E2f
街に入れないって事は、蒸気トロッコも使えないわけだろ？
移動がめっちゃ大変だなそれ
おまけに物資の補充もなかなかできねえし……
街に入れるプレイヤーと交渉するしかねえのか

360：名無しの冒険者 ID：eJTxd21dx
それ以前に、街に一回もたどり着けない自分のような奴もいるんですよ……
命を収穫する者の接近に気がつけない……
盗賊やってる人が周りにいないのがもろに響いてるよ……誰か助けて

361：名無しの冒険者 ID：RHrg2krvE
あー。「ワンモア」はシーフが輝きすぎなんだよな
単純な戦闘能力は落ちても、メンバーに一人いないとどうしようもない
特にこういった特殊な場所では、それが顕著に出る

362：名無しの冒険者 ID：ERFwef5we
やっぱ《危険察知》が優秀すぎるからなぁ
あれがないと、特に地底世界では不意打ちを食らいやすい
他にも色々優秀な能力はあるんだが、やっぱり求められるものの中で
一番優先順位が高いのは《危険察知》による不意打ち防ぎだろうな

363：名無しの冒険者 ID：RGSsrg2yh
戦闘能力ばっかり重視したＰＴは、
かえって何もできずに全滅して死に戻りって事が多いよね
地底世界は特に

364：名無しの冒険者 ID：EFewf2E2D
盗賊もそうだが、契約妖精によってもかなり難易度が左右されてるだろ
火の契約妖精と闇の契約妖精がこれほどまでに輝いた事があっただろうか

365：名無しの冒険者 ID：Jha2eb3C7
うんうん、火の契約妖精がＰＴにいると、
凍結してもノーリスクで溶かしてくれるのがすげーありがたいよな
あれのおかげで何度命を救われた事か……
うちのＰＴでもめっちゃ感謝してる

366：名無しの冒険者 ID：RGSrg2hge
闇の契約妖精は隠れる能力と暗視能力が強いよな
隠れるのはもちろん、光を発さずに見られるから、
命を収穫する者の不意打ちを回避したりやり過ごしたりしやすい

367：名無しの冒険者 ID：fhfh2TRer
他の妖精も活躍の場はもちろんあるんだが、
やはり今は火と闇が頭一つ抜きん出てる状態だわな
ＰＴにどちらかがいると、全滅する確率がかなり減る印象だ

368：名無しの冒険者 ID：HRTh52twX
火の妖精は火力役って見方が今まで多かったが、
ここに来て大きく評価が変わったな
闇は元から搦め手メインだったから、更に便利になったって感じで、
評価そのものに大きな変動はないようだが

369：名無しの冒険者 ID：FWaf21fGn
水の妖精も、水を弾くバリアを展開できる子がいれば大きいんだがな……
そういった能力はかなり育った上で習得するもので、
しかも一部の子だけらしいからなぁ

370：名無しの冒険者 ID：ERGgewa25
妖精がいなかったらと思うとぞっとするよ
地上でも助けられたけど、地底ではもっと助けられてる

371：名無しの冒険者 ID：tjj2WRE2e

その妖精がいないプレイヤーはどうしてるんだろう？
ごく一部だけど、過去のイベントで妖精と別れたプレイヤーとか、
出会ってないプレイヤーがいたでしょ

372：名無しの冒険者 ID：2ng3rfw8e

まさかソロで活動しているわけないっしょ
ＰＴ組んでなきゃ地底世界はそうホイホイ歩けないって
色々な危険要素が多すぎるよ、ソロだと

373：名無しの冒険者 ID：fewf39896

それでもやる奴がいるのがＭＭＯなんだよなぁ
道具とかでカバーしてそう
ああ、もちろん盗賊系統のスキルは必須だろうけど

374：名無しの冒険者 ID：ujj2687fE

どんな世界でも斜め上を行く奴はいるからね
まあ効率とかはめちゃくちゃ悪いだろうから、やりたいとは思わない

375：名無しの冒険者 ID：RGEasegh6

地底世界に来たら、今まで以上に妖精を大事にする奴が急増したな
飯のグレードを上げたりしているよ……
あっ、自分もその一人です

376：名無しの冒険者 ID：rguifvr8e

ここで妖精にそっぽ向かれたら、命に関わるどころじゃない

377：名無しの冒険者 ID：ddrwfff4w

ああ
だから、多少食事代が嵩んでも良いもの食わせて仲良くしないと……

378：名無しの冒険者 ID：ERSffaes5
もちろん飯を良くするだけじゃだめだぞ？
しっかりと構って交流しておかないと

379：名無しの冒険者 ID：EWFgafe3e
そこら辺に抜かりはないさ、抜かったら活動できなくなるんだから

380：名無しの冒険者 ID：Rgeas2ev3
Ｗｉｋｉも、契約妖精に関するページの閲覧数がとんでもない事になって、
サーバーが落ちたらしいぞ
今は急遽作られたミラーサーバーで何とかダウンは回避しているようだが

381：名無しの冒険者 ID：WAdfahg5g
おさらいを兼ねてもう一回見直す人とかが大勢いたんだろうな
無理もない

382：名無しの冒険者 ID：HFgsraulr
そりゃまあ仕方ないよねえ
下手したら地底世界での活動が詰むと言っていいぐらい悲惨な事になるし

383：名無しの冒険者 ID：EFegger86
特に火と闇の契約妖精持ちは、フられたらシャレにならないでしょ

384：名無しの冒険者 ID：erggr2riu
需要が高い分、ある日突然ポンといなくなられたら、
ＰＴメンバーからも責められそうね

385：名無しの冒険者 ID：DGAedg5gr
そして今日もＷｉｋｉが重い状態が続く、と
ミラーサーバーまで設置されてなお重いってちょっと異常だなぁ

386：名無しの冒険者 ID：IRYdrts2r

いや、重いどころじゃない。今Ｗｉｋｉ見ようとしたけど落ちてる
ミラー含めて

387：名無しの冒険者 ID：EFDaef7ge

マジかよ……ってマジだわ!?　見れなくなってる

388：名無しの冒険者 ID：Wddw2ggrV

このタイミングで、サーバーアタックしている馬鹿はいないよな？
いないと信じたい

389：名無しの冒険者 ID：Idrsg1vrW

いや、それはないでしょ
単純に契約妖精に関する情報欲しさに人が集まり続けているからだろ
この時間帯は特に閲覧する人が多いみたいだし

390：名無しの冒険者 ID：Efe2Ged2c

みんな必死だなぁ……まあ、そこに俺も含まれちゃうんですが

月が導く異世界道中
Tsukiga Michibiku Isekai Dochu
あずみ圭
Azumi Kei
1~18
8.5
シリーズ累計
350万部
(電子含む)
の超人気作!
TVアニメ 第2期
2024年1月から
2クール
放送決定!

大人気怪物転生ファンタジー、新シリーズ!

Re:Monster

暗黒大陸編
THE DARK CONTINENT

リ・モンスター 1〜3

金斬児狐
Kanekiru Kogitsune

シリーズ累計147万部(電子含む)突破!

最弱ゴブリンから最強黒鬼——そして

新世界の伝説へ!

1〜3巻好評発売中!

◉各定価:1320円(10%税込)

◉illustration:NAJI柳田

最弱ゴブリンの下克上物語・大好評発売中!

【小説】1〜9巻/外伝/8・5巻

◉各定価:1320円(10%税込)

◉illustration:ヤマーダ

【漫画】1〜9巻(以下続刊)

◉各定価:748円(10%税込)

◉漫画:小早川ハルヨシ

この作品に対する皆様のご意見・ご感想をお待ちしております。
おハガキ・お手紙は以下の宛先にお送りください。

【宛先】
〒150-6008 東京都渋谷区恵比寿4-20-3 恵比寿ガーデンプレイスタワー 8F
(株) アルファポリス　書籍感想係

ご感想はこちらから

メールフォームでのご意見・ご感想は右のＱＲコードから、
あるいは以下のワードで検索をかけてください。

アルファポリス　書籍の感想

本書は Web サイト「アルファポリス」(https://www.alphapolis.co.jp/)に投稿されたものを、改稿、加筆のうえ、書籍化したものです。

とあるおっさんのＶＲＭＭＯ活動記 21

椎名ほわほわ

2020年 4月 30日初版発行
2023年 9月 18日２刷発行
編集ー宮坂剛
編集長ー太田鉄平
発行者ー梶本雄介
発行所ー株式会社アルファポリス
〒150-6008 東京都渋谷区恵比寿4-20-3 恵比寿ガーデンプレイスタワー8F
TEL 03-6277-1601（営業） 03-6277-1602（編集）
URL https://www.alphapolis.co.jp/
発売元ー株式会社星雲社（共同出版社・流通責任出版社）
〒112-0005東京都文京区水道1-3-30
TEL 03-3868-3275
装丁・本文イラストーヤマーダ
装丁デザインーansyyqdesign
印刷ー中央精版印刷株式会社

ISBN978-4-434-27332-2 C0093